KB114610

도시의 주인

말리브 장편 소설

FUSION FANTASTIC STORY

도시의 주인 2

말리브 장편 소설

초판 1쇄 찍은 날 § 2014년 4월 22일
초판 1쇄 펴낸 날 § 2014년 4월 29일

지은이 § 말리브
펴낸이 § 서경석

편집부장 § 권태완
편집책임 § 박은정

펴낸곳 § 도서출판 청어람
등록번호 § 제387-1999-000006호
등록일자 § 1999. 5. 31
어람번호 § 제1-1842호

주소 § 경기도 부천시 원미구 부일로 483번길 40 서경B/D 3F (우) 420-822
전화 § 032-656-4452 팩스 § 032-656-4453
http://www.chungeoram.com
E-mail § chungeorambook@daum.net

도시의 주인

말리브 장편 소설

FUSION FANTASTIC STORY

2

도서출판 청어람

도시의 쥬인

CONTENTS

1장
어둠의 그늘

어머니는 현관 앞에 나와 계셨다. 현주는 어머니를 보고, 환하게 웃으며 인사했다.

"서현주예요, 어머니."

어머니는 역시나 놀라는 표정이시다.

나는 현주에게 나직이 말했다.

"현주하고 사귀는 것을 미처 말씀드리지 못했어."

"네."

다소곳하게 대답하는 표정이 어째 수상했다.

"어서 오너라."

사실 어머니는 현주를 잘 알지 못했다.

원래 클래식한 것을 좋아하고, TV 시청을 잘 하지 않는 것이 우리 집 사람들의 특징이었다.

TV는 시간을 빼앗는 도둑이라고 해서, 어릴 적부터 시청을 엄격하게 통제받았다.

"어머나, 서현주 씨네."

역시 누나는 현주를 알고 있었다. 어머니가 바라보자, 누나는 웃으며 말했다.

"유명한 영화배우야. 작년에 '마린 이야기'로 대종상 여우주연상까지 받았고. 음, 미술을 전공하는 미대생이기도 해요."

"오, 그러니?"

그제야 아는 체를 하신다.

영화배우라고 했을 때는 반응이 없다가, 미대생이라는 말에 표정이 밝아지셨다.

사실 어머니는 화가가 되려다, 아버지와 결혼을 하면서 그림과 자연히 멀어졌다. 하지만 언제나 화랑에 들려 그림을 감상하시곤 했다.

집 안에 유난히 그림이 많은 이유도 그 때문이다.

비싸지 않은 무명작가의 그림이 우리 집만큼 많은 곳도 드물었다.

"반갑구나. 나도 홍대에서 서양화를 전공했지."

"어머, 반가워요. 어머니."

역시 현주는 활달한 모습이 제일이다.

그녀는 살짝 어머니의 팔에 매달려 친한 체를 했다.

음악을 전공한 누나는 고개를 절레절레 흔들며 거실로 간다.

"어머니, 이거 선물이에요."

현주가 선물 꾸러미를 내민다.

"이게 뭐니?"

"화장품 파우치예요."

"오호."

어머니는 맘에 들어 하는 표정이었다.

"열어 보세요."

"어머."

파우치 안에는 아기자기한 액세서리가 들어 있었다.

장동건의 사진과 사인을 보고도 매우 좋아하셨다.

어머니는 연예인을 좋아하지는 않으셨지만, 장동건은 유독 좋아하셨다.

이유는 알 수 없었는데, 아버지가 너털웃음을 터뜨리며 지나가는 말로 네 엄마 첫사랑이란다, 하신 적이 있다.

아마도 짝사랑을 하였던 남자와 많이 닮았나 보다.

누나도 예쁜 귀걸이를 선물 받았다.

어머니 파우치 안에 있는 아기자기한 액세서리에 비하면, 누나의 귀걸이는 매우 고급이었다.

내가 조금 의아한 표정을 짓고 있자, 현주가 어머니의 팔을 붙잡고 말한다.

"나이 있으신 분들은 가끔 이렇게 가벼운 걸 하시면 마음도 즐거워져요."

"그러니?"

"네, 어머니. 저희 엄마도 제가 골라 준 액세서리를 하고 나가실 때에는 젊어지신다고 좋아하세요."

어머니는 현주의 말에 함박웃음으로 화답하셨다.

맞는 말이긴 하다. 나이 들었다고 너무 명품으로만 도배를 하면, 품위는 있는데 좀 어두운 분위기가 난다.

명품은 대체로 유행을 타지 않는 디자인으로 나오기 때문이다.

하지만 그것보다는 사랑하는 딸이 골라 줘서 그랬을 듯하다.

어머니는 한동안 선물 받은 액세서리를 하고 친구들을 만나시겠지.

안 봐도 그림이 눈앞에 그려져 흐뭇했다.

"어머나, 너무 예뻐요. 언니 딸 맞죠?"

누나의 딸 은혜를 본 현주가 너무 좋아한다.

그 모습이 좋아 보였는지 아니면 자신의 딸을 칭찬해서인지, 현주를 대하는 누나의 태도가 달라졌다.

물론 전에도 현주의 이미지가 그다지 나쁘진 않았지만, 이제는 아주 호감으로 가득했다.

하긴 자기 자식 예쁘다는데, 어느 부모가 싫어하겠는가?

어느새 친해진 세 여자가 내 흉을 보기 시작했다.

이게 바로 여자의 힘이다.

알렉산더 대왕이라 하더라도, 여자 셋이 모이면 한순간에 좀생이로 바뀐다.

"어머, 어머니. 그래도 이열 씨가 얼마나 멋진데요."

욕을 하면서도 간간이 내 칭찬을 하는 것을 보니, 오늘 점수는 당연히 100점이다.

퇴근을 하고 오신 아버지는, 넥타이와 핀을 선물 받으시고 좋아하셨다.

평소에 근엄하셨던 아버지였지만, 현주를 보자 비굴 모드로 돌변하시더니 사인을 받기 바쁘시다.

"아버지에게 저런 면이 있으셨어요?"

나는 아버지의 모습에 놀라 어머니에게 물어봤다.

"네 아버지, 연예인이라면 좋아 죽는단다. 아주 안방에서는 연예인만 나오면 헤벌레 하고 보는데, 그게 눈꼴사나워서 못 보게 한 거야. 집에서 못 보니 나가서 보는 모양이더라."

"허."

달라진 아버지의 모습에 나는 상당한 충격을 받았다.

아버지는 끝내 사인을 10장이나 받은 뒤에야 현주를 풀어 주셨다.

이 앙큼하고 깜찍한 것이 그냥 사인만 해주면 2~3분에 끝날 텐데, '아버님, 너무 멋지세요. 조지 클루니 닮으셨어요.' 등의 멘트를 남발하며 해주니 아버지가 정신을 못 차리시는 거다.

아버지, 어머니를 얼마나 잘 구워삶았는지, 저녁을 먹고 난 뒤는 나도 안 하는 엄마, 아빠라는 호칭으로 부르고 있었다.

뭐 천사같이 예쁜 얼굴로 '멋져요, 너무 근사해요'를 남발하니 미워하려야 미워할 수 없을 것이다.

허허허 웃다 보면 이미 이야기가 끝나 있었다.

엄청난 나이 차가 있음에도 내가 괜히 꿈쩍을 못 하고 있었던 게 아니었다.

아버지는 현주가 얼마나 마음에 들었는지, 차나 하나 뽑아줄까 하신다.

"정말요?"

"내가 다른 것은 없는데, 돈은 좀 있다. 뭐가 좋을까? 연예인이니 폼이 나는 아우디나 포르쉐 정도면 되겠지?"

"아버지……."

"아니에요. 저도 차가 있고, 회사에서 밴이 나와서 제가 운전할 일은 거의 없어요."

"그래?"

"네, 말씀만이라도 너무 고마우세요."

현주는 아버지의 팔짱을 끼고 아양을 부렸다. 그런 모습을 어머니는 흐뭇하게 보셨다.

"아가야, 이제 그만 떨어지지 그러니. 저렇게 생겼어도, 아직은 내 거란다."

"허험. 뭐가 저렇게 생겼다고 그래. 조지 클루니 닮았다는데."

새삼 말의 힘이 얼마나 강한지, 피부로 느껴졌다.

아버지는 인색한 분은 아니지만, 처음 보는 사람에게 이렇게 돈을 쓸 분이 아니다.

차를 한 대 뽑아준다고 할 정도로 기분이 좋아지셨나 보다.

"네가 그럼 알아서 하나 사주어라."

"네."

집을 나와 그녀의 집으로 바래다주는데, 신기하기만 했다.

사실 우리 집 식구들은 다른 사람에게 쉽게 마음을 주는 편이 아니다.

특히 아버지는 더욱 그러한데, 제일 먼저 넘어가신 분이 아버지다.

"오빠, 우리 집에는 언제 인사 올 거야?"

"글쎄. 나도 빨리 가야겠지. 선물도 사야 하고 그러니, 한 일주일은 걸리지 않을까 싶은데."

"그럼 부모님께 그렇게 말씀드린다."

"응."

"오늘 오빠하고 같이 있고 싶어."

"아, 그래? 그럼 어떻게 하지? 나도 아버지께 말씀을 드리고 나와야 할 것 같고, 현주도 그러는 게 좋겠지? 빨리 말씀드리고 나올게. 집 앞에서 전화할게."

"응."

나는 그녀를 내려 주고, 다시 집으로 돌아왔다.

아버지와 어머니에게 잘 데려다 주고 왔다 말씀드렸다.

아버지가 어떻게 만났냐고 물어보시는 바람에, 설명을 해 드리느라고 조금 늦었다.

나는 간단히 샤워를 하고, 다시 그녀의 집 앞으로 가 전화를 했다.

그녀는 바로 나왔다.

우리는 차 안에서 깊은 키스를 했다.

*　　　*　　　*

새로 합병된 HMT 엔터테인먼트는 예상대로 JM 엔터테인먼트 소속 연예인에게 가혹하게 나왔다.

연예인들은 예전에 하지 않던 각종 행사에 불려 다녀야 했고, 스케줄이 너무 타이트하여 병원에 입원하는 일도 생기기 시작했다.

지치고 피곤한 여자 연예인들 가운데 아주 소수는 은밀한 장소에 끌려가기도 했다.

그러고 나면 대우가 달라졌다.

아직 뜨지 않은 연예인 위주로 그런 일이 벌어졌는데, 이제는 제법 이름 있는 연예인들도 이 대열에 참가한다는 말이 돌았다.

나는 김칠복 매니저로부터 이야기를 모두 전해 듣고 있었다.

'돈과 권력이 있다고 이렇게 인간의 존엄함을 짓밟다니!'

나는 어둠이 만든 그늘을 보며, 그 어둠이 얼마나 더 짙어질 수 있을지 궁금했다.

돈과 탐욕과 권력이 만든 그 기형적인 어둠은, 음습하고 위험했다.

너무나 날카로워 사람의 마음을 잔인하게 짓이긴 뒤, 목숨을 스스로 끊게 만들 정도였다.

나는 이러한 현실에 화가 났다.

그 위험한 곳은 내가 사랑하는 여자가 일하는 일터였다.

그런 곳에서 현주가 계속 일하게 할 수는 없다.

'그래, 어둠이 깊다면, 나는 지옥의 끝을 보여주마. 만약 현주가 잘못된다면, 너희는 단연코 악마를 보게 될 것이다.'

"여보세요."

[이열 씨, 큰일 났어요. 현주가 놈들에게 끌려갔어요!]

"네에? 거기가 어딘가요?"

[지금 저도 쫓아가고 있습니다. 아마도 회사 측에서 새로 계약을 연장하려는 모양인데, 현주가 계속 거부하고 있었거든요. 지금 삼성동 쪽으로 빠지고 있어요.]

나는 번개처럼 달려 주차장으로 갔다.

BMW가 부서질 듯한 굉음을 내며 출발했다.

원래 소리가 없는 차였다.

얼마나 급하게 몰았으면 rpm이 순간적으로 엄청나게 올라갔다.

"매니저님, 지금 어디로 가고 있습니까?"

[골목으로 들어가고 있습니다. 편의점 앞에서 오른쪽으로 꺾어서 오시면 파란 대문이 보일 겁니다. 그리로 들어갔습니다.]

"금방 가겠습니다."

나는 신호를 무시하며 달렸다.

저번보다 더 빠르게 달려, 삼성동의 주택가로 들어왔다.

24시간 편의점을 지나 파란 대문에 도착하니, 김칠복 매니저가 초조하게 기다리고 있는 것이 보였다.

"여기입니까?"

나는 다짜고짜 물었다.

"네, 5분 전에 들어갔으니 아직까지는 별다른 일은 없을 겁니다."

"그러기를 빌어야죠."

나는 다리에 마나를 보내, 도약을 하면서 뛰었다.

김칠복 매니저에게는 간신히 담을 넘는 것처럼 보이게 하고, 전력을 다해 집 안으로 들어갔다.

나는 나무 사이의 그늘에 숨었다.

혹시나 하는 심정으로 현주에게 전화를 하니, 다행히도 전화를 받는다.

[아, 오빠. 어디야?]

"난 네 곁에 항상 있어."

[풉.]

다행이다. 안도감이 나의 온몸을 지배했다.

이곳에 들어왔으니, 앞으로 나가야 한다.

현주가 다시 이런 곳에 오지 않게 하기 위해서는 내가 뭔가를 해야 했다.

전화를 받는 것을 보니 아직까지는 별일 없는 모양이었다.

나는 안도의 한숨을 내쉬 안경 형태의 스파이 캠코더를 꺼내 썼다.

경보음이 울렸는지, 경비원들이 나와 정원을 살피고 들어갔다.

강제적으로 문이 열리거나 부서지지 않았기에 가택 침입이라 확신을 하지 못하는 듯했다.

확실히 보안 시스템의 정교함은 활동의 폭을 줄어들게 만들 것이다.

"걱정하지 말고, 무슨 일이 생기면 전화해."

[응, 알았어. 그런데 여기 분위기가 이상해.]

"어떤데?"

[인상 엄청 센 분들이 여기저기 지키고 있어.]

수화기를 통해 '이곳에 대해 말씀하시면 안 되십니다' 하는 말이 들렸다.

확실히 수상한 곳이었다.

나는 품에서 가면을 꺼내 착용했다.

자세히 보면 가면이라는 것을 알 수 있겠지만, 얼핏 보면 알 수 없는 정교한 가면이었다.

현대 최첨단 과학 문명의 시선을 피하기는 거의 불가능하다. 그렇다면 속여야 한다.

그렇게 들어가려던 찰나, 나는 김칠복 매니저가 떠올랐다.

그는 내가 이곳에 왔다는 사실을 알고 있다. 나는 다시 가면을 집어넣었다.

'결국 몸으로 때워야겠군.'

나는 조심스레 침투해, 현주가 안전하면 그냥 물러나는 편이 좋을 거라 생각했다.

이 일이 가택 침입이라는 범법 행위도 포함하고 있었으므로, 라이타형 몰래 카메라도 꺼내 팔목에 착용했다.

저번 경찰서에서 불편함을 느껴, 팔찌 형태로 개조해 착용할 수 있도록 해놓았었다.

이제부터는 가능한 들키지 않고, 내게 유리한 장면을 찍어야 한다.

나는 사람들을 피해 살금살금 걸었다.

"허, 헉."

사십대의 남자가 여배우로 보이는 여자와 열심히 정사를 하고 있었다.

나는 그곳으로 아주 살며시 들어갔다.

경호를 하는 사람들은 모두 1층에 있었기에, 가볍게 2층으로 올라와 지금 보고 있는 장면을 촬영했다.

"좀 더 소리를 질러 봐."

"네, 사장님."

여자는 남자의 말에 이전보다 더 적극적으로 움직이며 힘을 썼다.

하지만 내키지 않는지 그다지 좋아하지 않는 표정이었다.

'하긴, 이런 상황에서 즐기는 여자는 문제가 있는 것이겠지.'

몸 파는 여자도 이 상황은 내켜 하지 않을 것이다.

억지로 끌려와 원하지 않는 남자와 몸을 섞는 것이 뭐가 즐겁다고 소리를 지르며 하겠는가?

변태 같은 놈, 인간쓰레기.

욱, 하고 분노가 치솟아 오르며 죽이고 싶은 마음이 들었지만, 가까스로 참았다.

"사장님, 이제 저 스케줄 빼주시는 거죠? 힘들어 미치겠어요."

"그럼 나를 만족시키란 말이야."

나는 주로 남자 위주로 영상을 찍었다.

벌게진 얼굴에서 거친 호흡이 새어 나오고 있었다.

"아악."

남자의 마지막 몸부림엔 여자도 약간 흥분했는지 소리를 질렀다. 그러자 남자가 만족한 듯 미소를 지었다.

"아, 흐흐. 내가 이 맛에 기획사를 운영한다니까. 네년들은 아무 남자랑 붙어먹으면서 내가 한 번 달라고 하면 도도한 척하더군. 시발, 이럴 거였으면서 말이야. 한 번 주면 닳는 것도 아니면서."

남자의 말에 여자가 흐느끼며 울었다.

"내가 조만간 그 여우주연상 받은, 그 도도한 년도 먹고 말거야. 그년이야말로 죽이는 여자지. 네년하고는 비교도 안 되는 명품 몸매. 거기도 명기인지 궁금하군, 흐흐흐."

현주의 이야기에 화가 나 몸을 일으키려는 순간, 현주로부터 문자가 왔다.

[아, 힘들어.]

나는 즉시 답장을 했다.

[조금만 참아. 내가 갈게. 전화하지 말고 문자로 해. 아주 급하면 전화하고 말이야.]

[응.]

사정을 마친 남자는 잠에 빠졌고, 여자는 흐느끼다가 옷을 주섬주섬 챙겨 입기 시작했다. 여자의 얼굴을 보자 슬픈 생각이 들었다.

'언젠가 당신을 괴롭힌 남자가 후회하게 만들어주겠습니다. 지금은 나도 어쩔 수가 없습니다.'

나는 주먹을 쥐며 마음속으로 다짐했다.

2층에서는 더 이상 얻을 것이 없어 아래로 내려갔다.

내려갈수록 감시자의 눈이 많아졌다.

나는 지키고 있는 두 명의 시선을 돌리기 위해, 형광등이 들어오는 스위치를 눌러 불을 껐다.

"어, 뭐지? 무슨 일인지 알아보고 와."

"네."

녹색의 비상등 불빛을 따라 남자가 스위치를 찾는 동안, 나는 스파이 웹 마법으로 천장을 타고 지나갔다.

스파이 웹 마법은 말 그대로 거미줄과 같은 것이 손을 감싸, 벽이나 천장 위로 움직일 수 있게 해주는 마법이다.

물론 영화 스파이더맨처럼 거미줄이 나와, 건물과 건물을 날아다닐 수는 없다.

'흠, 여긴가 보네.'

1층의 사무실처럼 생긴 곳으로 들어가니, 현주가 남자의 앞에서 그를 독한 표정으로 노려보고 있었다.

남자는 현주의 눈빛을 피해, 다른 곳을 바라보고 있었다.

"이렇게 사인한 계약은 무효라는 것을 아실 텐데요."

"후, 나도 이러고 싶어서 이러는 게 아닙니다. 그냥 사인을 하시고 빨리 집으로 돌아가시는 편이 낫습니다. 저 변태 새끼 눈에 걸리면, 겁탈을 당할지도 모릅니다. 그 개새끼는 그 짓을 하기위해 이 회사를 운영하니까요. 현주 씨는 사랑하는 사람이 있지 않습니까? 저희도 가능한 현주 씨의 사정을 감안할

테니, 사인을 하십시오."

막돼먹은 사람은 아닌 듯, 마지못해 현주에게 사정을 한다.

그러나 그런 회유나 협박에 넘어갈 그녀가 아니었다.

남자는 어쩔 줄 몰라 하며, 난감한 표정으로 계약서를 바라본다.

"최 실장님, 다 되었습니까?"

"아직… 조금만 더 시간을 주십시오."

내가 있는 곳의 반대편 문이 열리며, 조폭으로 보이는 남자가 들어왔다.

최 실장은 당황한 듯했으나 금세 평정을 회복하였다.

조폭은 어깨에 힘을 주고 현주를 바라보며 말한다.

"대충 사인하지. 험한 꼴 당하고 사인하는 것보다 이게 낫잖아."

"뭐, 뭐라구요?"

"사장님이 노리고 있는 년이라 어지간하면 안 그러려고 하는데, 성질 건드리면 확 돌리는 수가 있어."

"야, 이 개새끼야. 그래, 해 봐. 응, 해보라고. 내가 쫄 줄 알았지? 그 순간, 네 거시기를 잘라 버릴 거야. 평생 고자로 살아 봐."

조폭으로 보이는 남자가 어이없는 표정으로 현주를 보았다.

설마 예쁘고 사회적으로 유명한 여자가, 이토록 대차게 나올 줄은 몰랐던 것이다.

"너, 우리 집안이 어떤지나 알고 협박해? 우리 큰아버지가 대검찰청 부장 검사야. 우리 오빠 친구는 서초 경찰서 강력계 팀장이야. 개 같은 새끼가 어디서 눈알을 부라리고 있어? 눈 안 깔아?"

현주의 대찬 말에 순간 나도 움찔했다. 아, 역시 우리 그녀는 대단하구나.

"정, 정말입니까?"

"왜 갑자기 쫄고 그래? 내가 네 인상을 큰아버지에게 말하면, 너 한국에서 못 살아. 네가 있는 조직을 표적 수사하도록 만들 거야. 네놈 두목이 빵에 들어가고, 부하들이 네놈을 죽이려 달려들어 봐야 세상 무서운지 알지."

"하하하, 그냥 하는 말이었는데 현주 씨 대단하십니다. 강철 같은 심장을 가지셨습니다. 존경합니다."

누가 들으면 현주가 조폭이고 남자가 피해자인 줄 알겠다.

조폭은 갑자기 비굴 모드로 나갔다.

성질대로 확 저지를 수 있겠지만, 현주는 대한민국 톱스타이다.

그가 건드릴 수 있는 상대가 아니다.

아까 그가 한 말도 다 공갈 협인 듯싶었다.

어디 감히 조폭이 대종상 여우주연을 수상한 여자를 강간한단 말인가?

말도 안 되는 소리였다.

막가자면 못할 것도 없지만, 이곳은 HMT 엔터테인먼트의 사장이 있는 자리다.

나는 그 장면을 모조리 촬영했지만, 어떻게 해야 할지 갈피를 잡을 수 없었다.

현주는 위험하지 않았지만, 그렇다고 안전한 것도 아닌 이상한 상황이었다.

분위기가 험악해져서인지, 현주의 계약은 다음으로 미뤄졌다.

조폭이 괜히 끼어들어 분위기가 이상해진 탓이다.

이 모든 장면을 촬영한 다음 그곳을 나오려는데, 문이 벌컥 열렸다.

'아, 젠장. 망했네.'

어쩐지 그동안 너무 순탄했다.

"너 뭐야?"

"김이열입니다."

"어머, 자기야. 언제 왔어? 온다더니 정말 왔네."

현주가 쪼르르 다가와 팔에 얼굴을 묻자, 모두 어이가 벙벙한 표정들이었다.

"현주 씨, 그분이십니까?"

"그래요."

아까와는 달리 아주 청초하고 순진한 표정으로 대답하는 그녀의 모습에, 최 실장도 조폭도 순간 말을 잊었다.

"걱정이 돼서 왔는데, 별일 없는 모양이군요."

"하하, 생길 일이 있겠습니까? 선생님께서 걱정하지 않아도 되실 겁니다."

"예전에도 당신처럼 말한 사람이 있었는데, 결국 뒤통수를 치더군요. 그럼 우리 가도 되죠?"

최 실장은 내가 어떻게 여기 있게 되었는지 의아한 표정이지만, 달리 막을 방법이 없는지 나와 현주가 밖으로 나가는 것을 허락했다.

조폭은 대검찰청 부장 검사라는 말이 나온 다음부터는 침묵 모드로 일관했다.

현주가 나갈 때 허리를 구십 도로 꺾으며 인사를 하는 것을 보자, 누가 조폭을 무섭다고 했는지 웃길 정도였다.

하지만 이런 비열한 인간이 가장 무서운 자다.

불리하면 고개를 숙이고, 방심하면 등 뒤를 찌른다.

나는 으리으리한 저택을 벗어나며 일주일 후에 다시 오기로 했다.

어둠의 그늘이 짙다면, 지옥의 불길이 얼마나 뜨거운지도 알아야겠지.

다만 나의 정체가 밝혀지지 않을까 염려할 뿐이었다.

밖으로 나오자, 초조한 듯 입구 근처에서 서성이고 있던 김칠복 매니저가 우리를 반가운 얼굴로 맞이한다.

"아, 무사하셨군요. 경찰에 신고를 해야 하나 말아야 하나 무척 고민했습니다. 사실 제 직장이기도 해서, 30분만 더 기다려 보고 안 나오시면 신고를 하려 했습니다."

나는 그의 진지한 눈빛을 보며, 정말 그렇게 했을 것이라는 생각을 했다.

괜찮은 사람이라는 생각이 들어, 좀 더 자세히 그의 성품을 살펴보기 시작했다.

그는 만난 이후 늘 한결 같았다.

"일단 가면서 이야기하죠."

"아참, 네."

그는 여기가 혐오스러운 곳이라도 되는지, 아니면 무서운 건지 부리나케 시동을 걸었다.

"이렇게 되면 그 회사에 계속 있기 힘들겠지?"

"나도 그만두고 싶어졌어."

"그만두긴 왜 그만둬. 소송 걸고 새로 시작해야지."

내 말에 김칠복 매니저가 뒤를 돌아보며, '독립하실 생각이십니까?' 라고 묻는다.

"네, 뭐, 더 이상 같이 갈 수는 없지 않겠습니까?"

"난 자기가 하라는 대로 할 거야."

난 순진한 척하는 여우를 보며, 아까의 장면을 머리에서 지워야겠다고 생각했다.

정말 대검찰청 부장 검사가 큰아버지일까, 하는 좀 엉뚱한 생각도 잠시 했다.

"만약 현주가 독립하면, 같이하실 생각이 있으십니까?"

"아, 저는 좋지만, 생각을 좀 해봐야겠습니다. 이쪽 바닥이 워낙 좁아서요. 좋게 하고 나오면 상관없지만, HMT 엔터테인먼트는 규모가 있어 앞으로 계속 부딪치면 거북할 겁니다. 그 문제가 아니면, 저야 현주 씨 매니저 하는 게 좋긴 하죠."

현주는 성격이 까다롭지 않고 촬영이 많은 편도 아니어서, 매니저를 하기에는 상당히 좋은 조건이었다.

우리는 변호사를 선임하기로 하고, 앞으로의 문제를 의논했다.

마침 커피숍 2층 사무실이 자리가 나서, 일단 계약을 했다.

계약금이나 임대료가 규모에 비해 비싼 편이었지만, 현주가 강력하게 요구를 해 그렇게 결정한 것이다.

변호사가 알아서 HMT 엔터테인먼트 측에 계약 해지 통보를 보내고, 소송을 시작했다.

우리는 단지 계약의 부당함에 대해 알리는 증거를 모으기만 하면 되었다.

내용 증명서를 보내면, 그때부터 법적인 결투가 시작된다.

현주가 계약 해지를 통보하자, 이를 뒤따르는 연예인들이 생기기 시작했다.

인수 합병이라 하더라도, 이미 이름이 알려진 유명 연예인이 부당한 대우를 참아가며 있을 이유는 없었다.

사태의 추이를 지켜보며 어떻게 행동할 것인가 고민하는 사람도 있었고, 아예 같이 소송을 시작하자는 연예인도 있었다.

*　　　*　　　*

나는 어둠 속에서 가면을 꺼냈다.

빛이 없는 어둠 속에서 전능의 프레벨을 소환했다.

가면을 쓴 상태였고 어두운 밤이라, 나를 알아볼 사람은 아무도 없었다.

'진정한 공포가 무엇인지, 어둠인지 무엇인지 보여 주마.'

나는 바람처럼 담을 넘어 2층에 도착했다.

스파이 웹과 같은 마법은 쓸 필요조차 없었다. 한 번의 도약으로 2층에 도달한 것이다.

안에서 미친 듯 부르짖는 여자의 비명이 들렸고, 낄낄거리는 남자의 광기가 방을 지배하고 있었다.

스르륵.

문을 열고, 나는 여자에게 슬립 마법을 펼치고 남자를 바라보았다.

"누, 누구냐?"

"가르쳐 줄 것 같으면 이렇게 은밀하게 오겠나? 한 가지는 알려주지. 너처럼 지옥의 광기에 탐닉하는 자에게, 뜨거운 맛을 보게 하려고 왔다."

나는 알몸의 그를 바라보며, 아공간에 있던 미스릴 검을 꺼냈다.

저런 악인을 징벌하기엔 너무 좋은 검이었다.

다크나이트 세이퍼.

날이 섬세하면서도 날카롭고, 베지 못하는 것이 없을 정도로 예리하다.

그는 단검을 보며 소리 질렀다.

"뭐, 뭐하는 거냐?"

"무수한 사람의 존엄함을 죽였으니, 너도 죽어 마땅하다. 하지만 나는 자비롭고 자비롭다. 단지 너의 소중한 것을 가져갈 뿐이야."

서걱.

"으악!"

그는 비명을 질렀고, 아래층에서 경호원들이 올라오는 소리가 들렸다.

나는 재빨리 잘려진 물건을 단검으로 난도질했다.

복원 수술은 꿈도 꾸지 못하게 말이다.

"너 같은 놈이 볼 세상은 없어. 세상은 네가 생각하는 것처럼 간단하지가 않지. 여태 악마처럼 즐겼으니, 앞으로는 어둠 속에서 살아라."

나는 다크나이트 세이버를 휘둘렀다.

"크악."

놈의 눈이 단검에 잘려, 피를 철철 흘리고 있었다.

나는 그가 죽지 않도록 친절하게 포션을 꺼내 아주 살짝 상처에 발라주었다.

때로는 산다는 것이 죽음보다 힘들 수 있다는 것을, 그도 이제 알게 되겠지.

"나의 자비로 너의 생명까지는 취하지 않았다. 하지만 생명은 더 고통스러울 것이다. 지옥은 이제 항상 네 곁에 있다."

나는 경호원들이 방문을 여는 소리를 들으며, 급히 창문을 열고 2층에서 뛰어내렸다.

그리고 바람 같이 어둠 속을 달렸다. 그를 죽이지 않은 것은 더 큰 고통을 주려는 이유도 있지만, 이런 일에 살인을 하기 싫어서였다.

한국은 법이 약해서 어지간한 범법을 해도 중형을 선고받지 않는데, 사람이 죽으면 엄청나게 강해지는 특성이 있다.

그래서 상대가 식물인간이라도 살아 있게 만드는 것이 좋다.

만약을 위해서 죽이지 않는 편이 낫고, 아직 살인에 대한 거부감도 엄청 컸다.

내가 뭐라고 타인의 생명을 취한단 말인가?

그냥 인간이 아닌 놈은, 인간처럼 살지 못하게 하면 그뿐이다.

나는 어둠 속에서 프레벨을 해체하고, 빠르게 그곳을 벗어났다.

살인은 아니었지만, 마음이 좋지 않았다.

내 평생 처음으로, 다른 사람에게 위해를 가한 것이다.

나를 히말라야로 가게 만들었던 이병천에게도, 물리적 복수를 하려는 생각은 하지 못했었다.

이유는 간단했다.

그는 유전학적으로 내 아들, 민우의 아버지였기 때문이다.

그가 짐승이라 해도, 나는 그를 물리적으로 응징할 수 없었다. 그리고 힘을 얻은 지금도 그런 생각엔 변함이 없다.

진정한 복수는 그 사람의 가장 아픈 곳을 찌르고, 가장 소중한 것을 빼앗아야 한다.

그에게 가장 소중한 것은 목숨이 아닌 돈이다.

어쩌면 나는 그에게 영원히 복수를 하지 못할 수도 있다.

그게 내 운명이라면, 받아들일 것이다.

그러나 만에 하나라도 그의 부를, 권력을, 회사를 부술 수 있게 된다면, 나는 망설이지 않을 것이다.

그날 저녁, 집으로 돌아와 내가 저지른 일에 대해 생각하고 있을 때, 마지막 뉴스에서 그의 이름을 들었다.

놈의 이름은 이삼열이었다.

뉴스에는 범인을 알 수 없고, 환자는 정신이상이 되었다고 나왔다.

속보 형식의 뉴스였기 때문에 자세한 내용은 나오지 않았다.

다만 괴한으로 추정되는 인물에 의해 이삼열이 부상을 입었다는 정도였다.

그때 마침 현주에게 전화가 걸려 왔다.

[오빠, 오빠. 뉴스 봤어요?]

"응, 지금 보고 있어."

[대박이다. 너무 기쁜데, 이렇게 좋아해도 되는 건지 모르 겠어요.]

"뭐, 마음을 마음대로 할 수도 없는 거잖아. 흐르는 대로 놔두면 제자리를 찾아가겠지."

[흐르는 대로. 흐르는 대로. 난 항상 오빠에게 흘러요, 히 힛.]

현주는 내 말을 따라하며 귀엽게 웃었다.

"나 너와 하고 싶어."

[정말요? 난 언제나 오빠가 좋다면 좋아요.]

"그럼 우리 언제 같이 스파 갈까?"

[엉? 스파 같이 하고 싶다는 거였어요? 아잉, 오빠두.]

"지금 시간이 어때?"

[오늘은 안 돼요. 그동안 밀린 광고를 찍어야 해서요.]

"그럼, 나는 베티하고나 놀아야겠군."

[아, 베티. 나도 베티 보고 싶다. 오빠 나중에 봐요.]

"응."

나는 그 변태 이삼열을 무력으로 징계한 것이 못내 아쉬웠 다.

완벽하게 거지로 만들고 나서 파멸을 시켜야 정상이지만, 그는 재벌 아들이었기에 나와 비교가 안 되었다.

특별히 개인적인 원한이 있지도 않아서 대충 처리한 것이다.

나의 재력은 현재 너무나 미미한 수준이다.

물론 없는 사람들에게는 상당한 부자라 할 수 있지만, 재벌에 비교하면 코끼리 비스킷이었다.

전생에서 50억을 투자했었던 그 IT 회사도, 재벌의 손짓 한 번으로 무너지지 않았는가?

무력의 응징은 진정한 의미의 승복을 얻어 내기 힘들다.

죽으면서도 자신이 죽어야 마땅한 짓을 했다고 인정하지 못한다는 말이다.

어쩔 수 없는 절망과 비통이 없다면, 그는 그냥 죽는 것이다.

하지만 나는 1서클의 마법사일 뿐이다. 할 수 있는 일은 지극히 적었다.

정의가 무엇인가를 생각했다.

이 문제는 나만 생각해서 안 된다.

보다 많은 사람이 정의에 대해 생각하고, 우리 사회가 정의로워지기 위한 노력들을 해야 한다. 그래서 사람들은 생각해야 한다.

다음 날 저녁, 술이나 한잔하고 싶어 집에서 나왔다.

바람이 불고 날씨는 따뜻했다.

나는 싱숭생숭한 마음을 달래려 전에 다니던 회사 근처 술집으로 걸음을 옮기다가, 동료였던 이미주 씨를 만났다.

그녀는 여전히 아름다운 몸매를 가지고 있었고, 얼굴이 약간 달라진 것 같았다.

그녀는 나를 보며 무척 반가워했다.

오랜만에 함께 차를 마시며, STL에 대해 들었다.

그리고 그녀의 고백도 듣게 되었다.

익히 알고 있던 일이어서, 새삼스러울 것도 없었다. 그녀는 부끄러운 듯 수줍게 웃었다.

"나 너무 교만했었어요. 항상 있는 그대로의 모습을 사랑해 줄 남자를 찾아다녔죠. 몸매는 어쩔 수 없으니, 주근깨투성이라도 나를 사랑해 줄 남자를 찾았어요. 그런데 그게 교만이었다는 것을 최근에 깨달았어요. 상대에게 마음을 열지 않고 사랑을 받으려고만 했으니, 잘될 일이 있겠어요? 제 주근깨, 사실은 가짜예요."

"네에?"

나는 너무나 뜻밖의 고백에 정신이 멍했다.

"점은 사실 화장술이었어요. 이렇게요."

말을 마치자마자, 그녀는 가방에서 세안용품을 꺼내 주근깨투성이의 얼굴을 닦기 시작했다.

"아!"

한마디로 놀라웠다. 어떻게 몰랐을까?

내가 의아한 표정을 짓자 그녀가 풋, 하고 웃었다.

"특수한 화장품이라 어지간하면 안 지워져요. 사람들은 주근깨투성이인 내 얼굴에 마음의 안정을 느끼죠. 제 몸이 좀 괜찮잖아요. 그냥 얼핏 얼굴을 보면 주근깨가 가득하니, 몸매에만 신경을 써서 속이기 어렵지 않았어요."

그녀에게 마음을 가졌던 대부분의 남자들은 그녀의 이런 모습을 꿈에도 모르고 있으니, 참으로 안타까운 일이었다.

이 무슨 현대판 〈박씨전〉이란 말인가?

"그렇게 예쁜 얼굴을 왜 가리셨습니까?"

"말했잖아요. 저만 사랑해 줄 남자를 만나고 싶었다고요."

하아, 여기에 또 동화를 꿈꾸는 소녀가 있었군. 순수한 것인지 철이 없는 것인지.

나는 커피를 마시며 그녀를 가여운 눈으로 바라보았다.

자신의 엄청난 미모를, 사람에 대한 불신으로 묻혀 두고 있었다.

그 아름다운 젊음의 시간이 너무나 짧은 시간에 지나간다는 것도 모른 채 말이다.

활짝 핀 뒤, 바람처럼 시들 텐데.

그녀는 잠깐 화장실에 다녀온다더니 주근깨투성이의 얼굴을 다 씻어버리고 왔다.

내게는 보여주고 싶다는 말과 함께.

그러면 뭐하는가, 버스는 떠났고 새는 날아갔는데.

"왜 전 아녔던 거죠?"

그녀는 정말 궁금한 듯 물었다.

이렇게 진지하게 물으면 피할 방법이 없다. 솔직하게 대답을 하는 수밖에.

"사실 미주 씨를 가장 많이 생각했어요. 그때 현주가 나에게 마음을 표현하고 있었지만, 저는 내켜하지 않았거든요. 그녀는 아름다운 꽃이었죠. 너무 아름다워, 감히 가까이 다가가기 힘들 정도로. 마음이 있긴 했지만 연예인이었잖아요. 모든 사람도 저와 같이 그녀가 아름답다 생각하니까요. 모두의 꽃이지 나만의 소중한 꽃이 될 거라 생각을 못했어요. 그때 미주 씨가 제게 아침마다 커피를 가져다주셨죠. 사실 전 얼굴보다 몸매를 더 보는 편이에요. 남자들 중에 그런 사람이 의외로 많아요. 미주 씨는 내게 마음이 있다는 것만 알려주시고, 그다음엔 아무것도 하지 않으셨죠. 제 말에 호응을 해주시지 않고 제 관심사에 궁금해하지도 않고요. 전 그렇게 제게 무관심한 사람은 싫거든요."

나는 지난 20년을 무관심 속에 살아왔다.

그 여자도 아름답고 고고하였다.

난 지금의 현주가 좋다.

싸우고 때리긴 하지만, 그 밑바탕엔 나를 향한 한없는 애정이 있음을 안다.

그렇기에 그녀의 이에 물려도, 하나도 안 아프다 말할 수 있는 것이다.

무관심에 비하면 그녀의 손은 행복했다.

"아, 전 이열 씨가 제게 다가와 주시길 기다리고 있었어요. 제 영혼을 사랑해 줄 수 있는 사람이라고 생각했죠. 그런데 다가오지 않는 거예요. 친절하기는 하지만 마음을 안 주니, 전 제가 뭘 잘못했는지 몰랐어요."

아름다운 눈에 눈물이 그렁그렁하다.

단지 주근깨만 지운다고 이렇게 사람이 달라질 것이라고는 예상도 하지 못했다.

일반인 가운데 이 정도 아름다운 여자는 흔하지 않다.

그녀의 몸매는 또 얼마나 대단한가? 그런 그녀가 울고 있다.

"마음을 열지 않으면, 당신에게 호감을 가진 사람이라도 언제나 거리감을 가지게 됩니다. 물론 적절한 거리감은 필요하죠. 하지만 당신의 친구, 당신이 사랑하는 사람에게는 문을 여셔야 합니다. 두 사람 중 한 사람만 문을 열면 관계는 진전

되지 않습니다."

"만약, 만약 내가 그때 마음을 열었다면 지금 당신의 곁에는 제가 있었을까요?"

"그럴 겁니다. 현주가 대종상에서 고백하기 전까지, 우리는 사실 아무 사이도 아니었습니다. 현주가 계속 제게 관심을 표현했지만, 전 연예인이 부담이 되었었거든요. 그래서 지나가는 말로 대종상 시상식에서 고백을 하면 받아줄지도 모른다고 했죠. 그녀가 고백하기 전에 우리는 크게 싸웠습니다. 현주는 화를 내고 가버렸고, 3개월 동안 전화도 문자도 받아주지 않았죠. 대종상 시상식에서 그녀가 고백을 하고 나서도 마찬가지였습니다. 그녀는 대단히 저에게 삐져 있었죠. 회사를 그만두고 외국으로 나가려는 것을 알고서야 겨우 연락이 되었으니까요. 미주 씨는 아름다운 외모와 몸매를 가지셨지만, 육체의 아름다움은 정말 순간입니다. 가장 아름다울 때 가장 멋진 사랑을 하셔야죠."

"이제는 저도 소극적으로 행동하지 않겠어요. 언제 또 좋은 사람을 만나게 될지 모르는데, 제 마음을 먼저 바꿔야 할 것 같아요."

"잘 생각하셨어요. 이렇게 아름다운 얼굴을 스스로 숨기고 다니는 것은 죄짓는 일입니다."

내 농담에 그녀가 빙그레 웃었다. 우리는 좀 더 이야기를 나누다 헤어졌다.

길을 걷다 보니 갑자기 김미영이 궁금해졌다.

그녀는 뭘 하고 있을까? 이병천과 헤어졌을까?

이병천에 대한 정보도 얻을 겸, 그녀와 만나기는 했었다.

그와 그녀의 관계를 좀 더 자세히 알 필요가 있다고 느꼈기 때문이다.

다시 만난 그녀는 원한을 잊을 정도로 아름답게 빛나고 있었다.

그 찬란한 아름다움을, 겨우 그런 놈을 만나 소진하다니 안타까웠다.

재벌 2세들이 여자를 만날 경우, 사랑을 해도 그게 오래갈 수 없는 것으로 알고 있다.

주위의 유혹도 많고, 지켜야 할 것도 많으니 말이다.

그녀도 이병천의 수작에 놀아난 것이 아닌가 하는 의혹이 생겼다.

*   *   *

미주 씨와 헤어지고 이제는 진짜 술을 마시기 위해 움직이려는데, 가슴을 후비는 여자의 외침이 들렸다.

"안 돼. 그건 안 돼요."

여자의 다급한 비명에 놀라 돌아보니, 남자 하나가 여자의 가방을 훔쳐 달아나고 있었다.

"그건, 아들, 아들의 병원비란 말이야. 제발, 제발 돌려줘요!"

여자는 정신없이 비틀거리며 그 남자를 따라갔다.

나는 그냥 지나가려다, 아들이라는 말에 멈칫했다.

정신을 차리고 보니, 정신없이 소매치기를 따라 달리고 있었다.

생각도 하기 전에 몸이 저절로 움직였던 것이다.

그 아들이라는 흐느낌 소리에.

남자가 저만치 가고 있었다.

마나가 다리로 넘어가자 나는 무서운 속도로 달리기 시작했다.

그를 지나쳐 앞을 가로막자, 그는 살벌한 눈으로 나를 바라보았다.

"뭐지? 죽고 싶지 않으면 씹새야, 저리 꺼져. 니 일도 아닌데 끼어들지 말고."

"그 돈은 아들의 병원비라고 합니다. 돌려주시죠."

"씹새야. 사연 없는 돈이 어디 있어. 그런 것을 일일이 물어보고 훔치는 소매치기 봤어? 훔친 돈을 사연이 있다고 돌려주는 놈 봤냐고?"

듣고 보니 남자의 말이 모두 맞았다.

사정을 일일이 알아보고 소매치기하는 놈은 없다.

"그래도 오늘은 돌려주시기를 바랍니다."

"아, 씹새 진짜 돌겠네. 정말 죽고 싶은 놈인가 보네."

그의 손이 주머니 안으로 들어갔다 나왔다. 보란 듯이 나이프를 내 앞에 흔든다.

"무기를 소지하고 있으면 죄가 가중됩니다."

"그건 나도 알아, 씹새야. 그렇다고 그냥 잡혀 줄 수는 없잖아."

입이 거칠긴 해도 말이 제법 조리가 있는 것이, 재미있는 놈이라는 생각이 들었다.

나는 프레벨을 소환하지 않고도 놈을 제압할 수 있었다.

사실 격투기를 배우지 않아서 그렇지, 몸 자체만 놓고 보면 어느 누구에게도 밀리지 않을 강골이다.

히말라야를 등정하기 위해 3년간 엄청난 노력을 했으니 말이다.

한 손으로 60kg의 등산 가방을 메고 10분 이상 벽에 매달려 버티는 훈련도 했다.

나중엔 두 손가락만으로도 버틸 수 있었다.

인간의 육체가 얼마나 신비한지, 그때 달라진 몸을 보고 알았다.

전문적인 알피니스트가 되려고 했던 것은 아니지만, 기본적인 손의 악력이 없으면 암벽 등반이 힘든 것은 사실이다.

항상 올라가기 좋은 암벽만 있지 않으니 말이다.

최대한 안전한 곳으로 가지만, 어쩔 수 없는 경우가 발생하기도 한다.

나는 뒤따라온 여자에게 돈을 돌려주었다.

고맙다는 인사를 수십 번이나 받고는, 소매치기를 끌고 한적한 곳으로 갔다.

"아, 왜 이런 곳으로 오냐, 시발새끼야."

"네놈 패려고 한다."

"혁, 시발 그렇게 팼으면 됐지, 뭘 더 패려고 그러는데?"

"입이 걸레군."

"시발, 그럼 소매치기하는 놈이 공자 맹자 떠드는 것은 말이 되고?"

"너 보기보다 똑똑하다."

"졸라 잘난 척하기는."

녀석을 보자 웃음이 났다.

생긴 건 삼십대인데, 말투는 십대였다.

그럼 십대라는 뜻이다. 얼굴이 너무 미안합니다, 였다.

"밥은 먹고 다니냐?"

"시발, 그럼 밥 처먹기 위해 소매치기하는데, 당근 먹고 다니지."

　소매치기는 내가 자신을 때릴 마음이 없음을 알고, 안도의
한숨을 내쉬었다.

　나는 그를 곁눈질하며, 어린 나이일 거라는 확신을 가졌다.

　"돈은 좀 모았니?"

　"소매치기해서 돈 모은 놈이 있다고 하면 개가 웃겠다."

　"재미로 하는 것은 아니지?"

　"시발, 재미로 존나 이런 짓 하겠다. 짭새만 봐도 가슴이
덜컹하는데 말이야. 먹고살려고 하지."

　"그래, 네 말이 정답이다. 먹고 살려고 하는 것인데, 넌 한
끼 안 먹어도 되잖아. 아까 네가 그 돈을 가져갔으면, 어쩌면
그 여자의 아들이 죽을 수도 있는 거야. 물론 네가 죽인 것은
아니지만 죽게 만든 원인을 제공했지. 그 죽음에 대한 업은
돌고 돌아 너에게 오겠지. 너는 남의 돈을 훔쳤으니 불안해서
은행에 저금도 못하지. 술과 여자에 빠져 흥청거리다 돈이 떨
어지고 배가 고파지면, 다시 남의 주머니를 털어야겠지. 몇
살까지 그럴 것인데?"

　나의 말에 그는 가만히 있었다.

　싸가지는 없었지만, 생각 자체를 안 하고 사는 애는 아닌
듯했다.

　"……."

그는 말없이 땅바닥만 보고 있었다.

나는 옆에서 그에게 뺏은 나이프를 보며 말했다.

"은행에 저축해."

그가 놀란 듯 내 얼굴을 뚫어져라 바라보았다.

"힘들게 번 돈이잖아. 남의 것 뺏는 것이 쉬운 일은 아닌데, 그렇게 마구 사용할 돈은 아닌 것 같아. 은행에 저금을 해야 한 번이라도 더 나쁜 짓을 안 할 수 있지. 그리고 만약 걸렸을 때도 주인에게 돌려줄 수 있다면, 그것도 괜찮지. 그리고 고기도 좀 사 먹고. 너는 어떤지 모르지만, 분위기 좋은 곳에서 술 한 번 먹을 돈으로 고기를 사면 집에서 수십 번을 먹을 수 있어. 술도 마찬가지야. 먹지 말라는 것이 아니야. 여자 끼고 먹어 봐야 몇 번 좋을 뿐이지. 그게 습관이 되면 소매치기인 것보다 더 비참해질 거야. 그러니 잘 먹고 튼튼해져서, 나중에 소매치기를 안 해도 될 정도가 되란 말이다."

나는 그를 바라보며 자리에서 일어났다. 그리고 지갑에서 만원 자리 몇 장을 꺼내 주었다.

"오늘 공쳤으니, 이것으로 밥이나 사 먹어라."

그는 내가 내민 돈을 얼떨결에 받아 들었다.

"아까 그 아주머니의 돈보다야 적지만, 순수하게 주는 돈이니 하다못해 설렁탕을 먹어도 떳떳할 거야."

"이, 이렇게 가는 거냐?"

"그럼, 뭘 어떻게 하라고? 나는 경찰도 아니고, 자선 사업가도 아니야. 아들의 병원비라는 말만 아니었으면 나도 관여하지 않았어. 부디 네 인생에 가장 행복한 꿈을 꿔라."

나는 손을 흔들고, 어두운 골목을 나왔다.

등 뒤러 그가 발악하듯 외치는 소리가 들려왔다.

"이렇게 가면 어떻게 해. 내가 처한 현실을 일부러 외면했는데, 왜 또 그것을 보게 하는 거야 이 씹새끼야!"

그의 말을 들으며 미소를 지었다.

아마 그는 그의 길을 찾아갈 것 같았다.

그렇지 않다고 해도, 그것은 내 일이 아니다.

인생은 각자 그 자신이 사는 것이니까.

*　　　*　　　*

엉뚱한 사건에 휩싸이고 보니, 술을 먹으려던 당초의 계획이 틀어졌다.

밤하늘을 바라보았다.

별도 없는 검은 하늘에 도시의 불빛만 휘황찬란하다.

검은 하늘을 보니 갑자기 윤동주의 '쉽게 씌어진 시'가 생각난다.

그는 시를 쉽게 쓰는 것이 부끄러운 일이라고 했다.

왜일까? 왜 부끄러워해야 할까?

나는 무얼 바라
나는 다만 홀로 침전(沈澱)하는 것일까?
인생은 살기 어렵다는데
시가 이렇게 쉽게 쓰여지는 것은
부끄러운 일이다.

부끄러움을 모르는 시대에, 탐욕과 욕망이 가득한 곳에서, 별처럼 고고하게 살기는 어렵다.

인생을 욕망에 따라 산다 하더라도, 최소한의 부끄러움을 잊어버리면 안 된다.

그렇게 다짐하며 다시 길을 걷는다.

부끄러움을 잊어버린 인간이 짐승이 되는 것은 한 호흡이다.

집으로 돌아와 편의점에서 사온 술을 맥없이 먹었다.

요즘 마음이 심란한 것은, 이삼열을 징벌한 후유증임을 비로소 알았다.

나는 몸살 기운이 있을 때 잘 알아차리지 못한다.

몸이 좀 안 좋군, 하고 느끼지만 약을 먹을 생각을 했을 때는 이미 상당히 시간이 지난 뒤였다. 조금 느린 편이라는 뜻이다.

이번엔 내 사랑을 지키기 위해 과하게 행동했다.

물론 다른 많은 사람의 행복을 위해서 쓰레기 치우는 행동은 정당했지만, 더러운 것을 직접 처리하는 청소부의 마음은 그게 아니다.

죽어 마땅한 쓰레기지만, 난 신이 아니니까.

마음에 한 점 부담감도 없다면, 그것은 내 스스로 인간이기를 거부하는 것일 수도 있다.

큰 힘을 얻었으니 다른 사람보다 더 예민하게 내면의 소리에 귀를 기울여야 한다.

그렇지 않다면 난 나도 모르는 사이에 힘의 노예가 될 수도 있다.

인간을 힘으로 징벌하지 않고도 교화시킬 수 있다면 얼마나 좋을까?

힘의 징벌은 가혹하니까.

이삼열처럼, 그는 남은 인생 동안 섹스를 하지 못하고, 세상도 보지 못하고 살 것이다.

큰 부를 누렸던 그였으니, 미치지 않고 남은 생을 살아가기는 힘들지도 모른다.

술을 다섯 잔이나 마시고, 워렌 버핏에 관한 책을 읽는다.

술기운이 약간 있어 알딸딸하지만, 책을 못 볼 정도는 아니었다.

전생의 기억으로 인해 제조업에 타부가 생겨, 기업을 운영하는 생각만 해도 몸이 움찔움찔 놀란다.

그토록 심혈을 기울였던 회사였는데, 무너지는 것은 순식간이었다.

희로애락을 같이 누리던 직원들도, 미래 그룹의 스카우트 제의가 오자마자 등을 돌리고 가버렸다.

그래서 더욱 주식에 애착이 가는지 모른다.

주식은 직접 운영을 하지 않으면서, 그 기업의 과실을 나눠 먹을 수 있으니까.

좋은 회사에 투자를 하면, 골치를 썩이지 않고도 높은 수익을 거둘 수 있다.

물론 잘못 투자해, 주식이 휴지가 되는 최악의 경우도 감수해야 하지만.

인터넷으로 보니 그동안 사 놓은 서영 산업 주식이 많이 올랐다.

이 회사는 무엇보다 알짜 회사였다.

자본금보다 더 큰 부동산을 여러 개 가지고 있고, 현금 흐름도 좋다.

게다가 생명 공학에 투자한 자회사가 제법 실적을 내주기 시작했다.

워렌 버핏에 대한 긍정적인 이미지가 많지만, 개인적으로 그의 투자 형태는 그다지 좋게 보지 않는다.

그는 현금 유보율이 높은 회사를 공략하여 최대 주주가 된다.

경영권을 인수하지만, 그 회사의 엄청난 현금을 다른 곳에 투자한다.

꿩 먹고 알 먹고 정도가 아니라, 완전히 벗겨 먹는 것이다.

이를 부동산에 대입해 보면, 집을 하나 사서 대출을 받아 또 다른 집을 사고, 그 집을 담보로 또 다른 집을 사는 식이었다.

문제는 그가 하도 우량 회사만 건들이니, 망할 일이 없는 것이다.

그는 이를 가치 투자로 포장한다.

그 회사의 가치에 비해 주가가 낮은 회사에 투자하는 것이다.

이 가치 투자를 적극적으로 하면, 기업 사냥꾼이 된다.

가치에 비해 평가를 낮게 받는 회사를 사서, 제값을 받고 파는 것.

때론 대량 해고를 통해 기업의 체질을 튼튼하게 만들어 팔거나, 기업을 여러 조각으로 쪼개서 팔기도 한다.

물론 버핏은 직원을 해고하지도, 회사를 쪼개어 팔지도 않왔다.

그가 말하듯 무슨 특별한 재주를 부린 것도 아니었다.

워렌 버펫이 주식으로만 세계 2위의 부자가 되었다면, 나도 가능성이 없지는 않다.

내가 생각해도, 나는 좋은 경영자는 아니었다.

기업을 운영하는 데에 인정이 너무 많은 것은 결코 좋지 않다.

주식도 그다지 내 취향은 아니지만, 장기 투자를 한다면 못할 것도 없었다.

사실 대부분의 큰손들은 주식 거래를 1년 한두 번에 그친다.

주식이라는 게 열심히 사고판다고 돈을 벌 수 있는 게 아니라는 말이다.

남들이 공포심에 집어던져 폭락했을 때 사고, 아줌마가 시장바구니를 들고 증권사 객장에 나타나면 팔라는 말처럼, 쌀 때 사서 비싸게 팔면 된다.

*　　　*　　　*

아침이 되어 커피숍에 출근해 집필실에 들어왔다. 베티와 소연이 따라 들어온다.

"무슨 일인데?"

"민정 언니 아빠가 아프대요."

"응?"

"아까 언니 울었어요."

"그랬구나. 말해줘서 고마워."

감사의 표시로 소연이의 머리를 쓰다듬어 주자, 베티도 왈하고 짖는다.

"그래, 베티도 잘 지냈어?"

"왈 왈."

꼬리까지 흔든다. 베티는 목양견이어서 운동을 시켜 줘야 했다.

그런데 하루 종일 이렇게 커피숍에 처박혀 있으니, 병이 나지 않을까 걱정이 들었다.

베티는 소연이 곁을 한사코 안 떠나려고 한다.

"이따가 같이 베티 운동시켜 주러 가자."

"정말요?"

"그럼."

어린 소연은 베티를 운동시켜 줄 수가 없다.

그래서 마냥 실내에만 있었다.

나는 전지나 매니저를 불러, 김민정 씨에 대해 물어봤다.

"민정 씨의 아버님이 편찮으시다고요?"

"네, 위암 2기라고 해요. 다행히 다른 곳으로 전이되지는 않은 모양입니다."

"흐음, 매니저님이 알아서 유급휴가를 주세요. 한 달 이내로 유급휴가를 주고, 더 필요하면 그때부터 무급으로 돌리세요."

"네, 사장님 감사합니다."

전지나 씨는 놀란 표정을 조금 지었지만, 이내 기분 좋게 대답했다.

그녀가 생각하기에 한 달의 유급휴가는 꿈같은 일일 것이다.

뭐, 나도 회사가 크면 이렇게 팍팍 밀지 못한다. 작은 구멍가게니까 인심 쓰고 하는 거지.

"민정 씨 좀 오라고 하세요. 올 때 커피 두 잔 부탁드려요. 제 건 아시죠, 아메리카노."

"네, 사장님."

뒤돌아가는 전지나 씨의 발걸음이 가볍다고 느껴지는 것은, 나만의 착각은 아닐 테지.

동그란 얼굴에 밝은 미소를 가진 김민정 바리스타는, 약간 긴장한 표정으로 집무실 겸 사장실에 들어와 앉았다.

"아버님이 편찮으시다는 소리를 들었습니다."

"네."

대답을 하면서도 울려고 한다.

이 세상에 피붙이는 아버지밖에 없는 것으로 알고 있었다.

적어도 신상명세서에는 그렇게 기록되어 있다.

나는 그녀의 슬픈 마음을 느끼며, 봉투 하나를 내밀었다.

"이 돈으로 아버님 맛있는 거 사 드리세요. 큰 병 걸린 사람은 잘 먹어야 버틸 수 있습니다. 그렇지 않으면 합병증에 걸릴 확률도 높아지니, 돈을 아끼지 말고요. 필요하다면 이 커피숍을 팔아서라도 도울 테니 걱정하지 말아요."

나의 말이 끝나자마자, 민정 씨는 눈물을 주르르 흘렸다.

그래, 응원해 주는 사람이 한 명이라도 있다는 것을 알게 되면, 살아가는 용기를 내는 데 조금은 힘이 되겠지.

민정 씨에게 나는 영양가가 없는 응원자겠지만 말이다.

"슬픔도 기쁨도 전염병입니다. 매장에서 슬픈 모습 보이지 마세요. 오늘은 어차피 나왔으니 근무를 하고, 내일부터는 아버님을 보살피세요. 자세한 내용은 매니저님과 의논하고요."

"네, 사장님."

"뭐, 그렇게 감동하실 필요는 없어요. 아버님 건강해지면 더 많이 부려 먹으려고, 미리부터 수작부리는 거니까요. 민정 씨가 좀 유능해야 말이죠."

"네, 사장님."

입가에 미소가 가득 고인 그녀를 홀로 내보내고, 나는 소연, 베티와 함께 인근 학교로 갔다.

작은 동네라 수위 아저씨도 알고, 아이들도 다들 한두 번은 본 얼굴이다.

"오, 베티구나."

"안녕하세요."

"그래, 어서오너라."

수위 아저씨도 베티를 보고 기뻐하신다.

"베티 운동을 시키려고 하는데, 가능하겠어요?"

"마침 운동장을 저학년이 쓰고 있어서요. 베티는 귀여워서 아이들이 좋아하기는 하는데, 줄은 놓지 말아주십시오."

"네, 감사합니다."

이 학교가 웃긴 게, 사립학교치고 인근에서 제법 유명하다.

요즘 유행하는 자기 주도형 학습 방법을 따라하는 학교였고, 재단 이사장이 이 수위 아저씨의 동생이다.

수위 아저씨도 젊을 때 한자리 해먹던 관료 출신이라, 파워가 막강하다.

그가 수위를 하는 이유도, 자신이 끔찍이 아끼는 손녀가 이곳에 다니기 때문이란다.

보통 사람의 사고방식으로는 이해할 수 없으나, 정작 본인은 그다지 신경 쓰지 않는 듯했다.

소연이 베티와 죽고 못 사는 사이처럼, 할아버지와 손녀도 그런 사이다.

나도 한 번 손녀를 본 적이 있었는데, 귀엽고 예쁘긴 했다.

소연은 한곳에 앉아 있고, 나와 베티가 운동장을 돌기 시작했다.

다섯 바퀴를 돌고 난 뒤 쉬고 있는데, 아이들이 몰려왔다.

"와, 귀엽네. 이름이 뭐야?"

"베티야."

"베티? 근데 안 물어?"

"응, 우리 베티는 착해서 안 물어. 그치 베티야?"

"왕"

"와, 베티네."

"언니."

소연이 옆집에 사는 2학년 여자아이 세연이에게 아는 체를 한다.

베티도 세연이가 반가운지, 꼬리를 흔들며 반긴다.

천국이다.

아이들의 미소가 만들어진 여기는 천국, 제법 개구쟁이들이 모이긴 했지만 반가움, 기쁨, 호기심 등으로 똘똘 뭉쳐 있다.

아이들은 선생님이 부르자, 마지못해 운동장으로 다시 돌아갔다.

안경을 낀 여자 선생님이 소연과 베티, 그리고 나를 보고 빙긋 웃는다.

40대 중반의 선생님은 딸이 중학생이다.

커피숍에서 한 번 인사를 하고 본적이 있다.

이런 일상의 나날들은 얼마나 소중한가?

모세가 홍해를 지팡이로 가른 것이 기적이 아니라, 지구가 우리에게 삐지지 않고 언제나 태양 주위를 돌아주는 것이 기적이다.

삶은 기적의 연속이다.

무엇이 두렵겠는가?

우리 모두 기적 속에 사니 말이다.

나는 이런 일상이 좋다.

아이들의 웃음이 가득한 곳에서, 강아지와 뛰어 노는 풍경은 또 얼마나 멋진가!

3장

사랑을 위하며

결혼은 눈이 멀었을 때 하라는 말이 있다.

노처녀, 노총각이 결혼을 못하는 이유는 눈이 높아서다.

눈이 높아진 이유에는 여러 가지가 있겠지만, 그중의 하나가 세상을 잘 알게 되었기 때문이다.

내가 '이 정도' 니, 상대방은 '요 정도' 는 돼야지 하고 바라게 된다.

그런데 상대방의 '요 정도' 는 냉철하게 판단을 하면서, 나의 '이 정도' 는 후하게 판단하게 마련이다.

나는 나를 가장 잘 아니까, 남이 보지 못하는 장점들이 점

수에 가산되기 때문이다.

이래서 눈이 터무니없이 높아진다.

삶을 통달한 현자들은, 조건이 아니라 사물의 본질을 본다.

본질은 포장되지 않은 본연의 '나' 이다.

샤넬 백을 시장의 검은 비닐봉투에 넣으면 그것은 영락없는 짝퉁이 되고, 짝퉁을 고급스러운 진품 케이스에 넣으면 사람들의 눈에는 진품으로 보이는 법이다.

그러나 세상에 드러나지 않는 진실은 없다.

샤넬 백을 판매한 직영점으로 가서 확인해 보면, 10분도 안 되어 진품 여부가 드러난다.

그런데 사람은 그렇게 파악할 수 없으니 문제다.

오래 사귀고 살아 봐도 모를 때가 있으니.

나는 지금 그녀의 집으로 가고 있다.

월급쟁이의 별 볼일 없던 나를 사랑해 주던 그녀의 부모님을 찾아뵙고, 허락을 얻기 위해서다.

현주도 그렇고, 나도 빨리 결혼할 생각이다.

결혼이란 나이가 차서 하는 것이 아니다.

사랑하는 사람이 나타나고, 그 사람과 한평생을 해도 좋다는 확신이 들면 하는 것이다.

22살의 그녀도 확신하는데, 48살 먹은 내가 못할 것이 무엇인가?

나야 부끄럽고 고마운 일이지.

변하지 않는 사랑은 없다.

결혼이란 변하고 희석되어 가는 우리의 열정을, 신뢰와 의지로 묶는 일이다.

아이가 태어나고 같이 공유한 시간들이 깊어진다.

호르몬이 아닌 진짜 신뢰와 존경, 그리고 서로에 대한 배려가 숙성시킨 사랑이 시작되는 것이 '결혼'이다.

나, 이제 그런 사랑해 보려고 한다.

20년의 전생에서처럼 여자의 외모에 빠져 속아 살던 바보가 아니라, 현자처럼 행동하려 한다.

저 별처럼, 다이아몬드처럼, 빛이 나는 피앙세에게 욕심을 내보는 것이다.

내게 보내준 무한한 신뢰와 사랑을 평생 갚으며, 또 서로에게 배우며, 신이 허락한 시간까지 알콩달콩 살고 싶다.

차가 서초동을 지나 방배동으로 접어들었다.

부자들이 모여 사는 골목 어귀에, 덩그렇게 놓여 있는 허름한 집이 그녀의 집이다.

초인종을 누르자 그녀가 반가운 목소리로 '오빠, 왔어?'한다.

현관 입구에서 그녀의 어머니가 나와, 반가운 얼굴로 나를 맞이하신다.

40대 후반으로 보이는 대단한 미인이시다.

안으로 들어가니 꼬맹이들이 나를 바라보며 '와 멋지다.' '어, 키가 크네.' '오우, 옷발 죽이네.' '딱 내 스타일이야!' 라고 한 소리씩 한다.

"어서 오게."

"김이열이라고 합니다."

나는 내밀어진 그녀의 아버지 손을 공손히 잡았다.

가볍게 인사를 마치자 꼬마들이 몰려온다.

"사촌 동생들이에요. 조금 있으면 아이들 엄마 아빠도 올 거예요."

나는 고개를 끄덕였다. 아이들이 호기심이 가득한 눈으로 바라본다.

"언니 어떻게 만났어요?"

"오빠, 언니가 시상식에서 사랑한다고 고백한 그분 맞죠? 와, 너무 부럽다."

"뭐, 내가 보기엔 별로인데……."

남자아이 하나만 시큰둥했다.

긴장하고 있는 나에게, 녀석의 말은 사뭇 예리한 비수가 되어 꽂혔다.

나는 녀석을 바라보며 생각했다.

'나도 너는 별로다.. 너에게 잘 보여야 할 이유도 없는 것

이지.'

잠시 후 아이들 부모까지 오자, 온 집이 떠들썩했다.

이렇게 화목한 가정에서 자라 현주가 그렇게 밝았던 거구나.

현주의 대책 없는 밝음에 항상 경이로움을 느꼈었는데, 가정환경의 영향을 많이 받은 것 같았다.

나는 사온 선물을 드렸다.

아버님은 술을 좋아한다고 해서, 백 년 숙성한 구한 루이 13세를 드렸다.

어머니에게는 기초 화장품 세트를 건넸는데, 사실 어디 브랜드인지 나도 잘 모른다.

누나가 사준 것을 그냥 들고 왔다.

술을 받아 든 아버님은 침을 꿀꺽 삼키신다.

"커험. 뭐 이런 것을."

병 모양만 해도 예술품처럼 생긴 루이 13세를 보는 아버님의 눈이, 반달 모양으로 변했다.

'아, 난감하다.'

초롱초롱 눈을 빛내고 있는 친척 분들과 꼬맹이들을 보며, 난 어찌할 바를 몰라 했다.

이건 예정에 없었던지라 미처 선물 준비를 못했다.

"설마 우리 선물이 없는 건 아니죠?"

어른도 그렇고 꼬맹이도 그렇고.

나는 화장실로 급히 가 봉투에서 돈을 빼 지갑에 넣었다.

혹시나 해서 부모님들에게 드리려고 가져온 현금이 좀 있었다.

뭐, 별수 없다. 용도 변경이다.

나는 화장실에서 나와 아이들에게는 용돈을 주었다.

얼마를 줘야 할지 몰라 잡히는 대로 주려고 하자, 현주가 가로채 아이들에게 공평하게 나눠주었다.

"아이들은 무조건 공평하게 나눠줘야 해요. 나이가 많다고 더 주면 안 돼요."

'아, 그렇군.'

몰랐던 이야기라 마음에 와 닿았다.

인사가 끝난 뒤, 부모님과의 독대가 이루어졌다.

마음에 들어 하는 눈치라 마음을 놓고 있었다.

그런데.

"교제는 허락하겠네. 그러나 결혼은 안 되네."

"네?"

아버님이 단호한 어투로 말씀하자 나는 당황했다.

하지만 여기서 물러나면 남자도 아니다.

현주를 사랑하며 행복하게 해주겠다고 거듭 약속했지만, 이빨도 들어가지 않았다.

별수 없이 물러나야 했다.

뭐 이번만 날이 아니니, 우선은 교제를 허락 받은 것으로
만족해야겠다.

돌아가는 발걸음이 착잡했다.

하긴 내가 아버지라 해도, 딸이 22살에 결혼한다고 하면 허
락하지 않을 거다.

그렇게 위로를 하는데, 그녀에게 전화가 걸려 왔다.

[아빠가 뭐라고 하셔?]

"교제는 허락하고, 결혼은 안 된다고 하시네……."

[그럴 리가 없을 텐데. 왜 그러시지?]

"무슨 말이야?"

[작년까지는 내가 일찍 결혼한다고 하면 웃으시면서 그러
라고 하셨거든.]

"그래?"

부모님이 나를 마음에 안 들어 하셨나, 하는 생각을 했지만
어쩔 방법은 없었다.

[오빠, 저녁 늦게 우리 집으로 다시 올 수 있어?]

"씻고 집 앞으로 갈게."

[응, 이따 봐요.]

현주는 항상 큰일이 생기면 나와 같이 있고 싶어 했다.

그래서 오늘도 그녀의 빌라에 가서, 서로 안으며 이야기를

나눴다.

이번엔 그녀가 긴장을 하지 않아서, 저번처럼 매달리지 않고 차분하게 나를 위로한다.

48살이나 먹은 나를 위로하는 어린 애인을 보며, 위로는 나이가 많다고 하는 것이 아님을 깨달았다.

그녀는 많은 위로가 되었다.

이럴 때 현주는 무척 현명하다. 나의 감정의 변화를 누구보다 먼저 캐치하니 말이다.

우리는 서로를 안고 사랑을 나눴다.

사랑은 격정적이지 않았다.

자극적인 몸짓이나 이상한 체위를 연구하지 않아도, 서로를 깊이 느끼고 흥분하니 말이다.

나는 격정적인 육체의 언어보다는, 가능한 감정을 공유하고 취미 생활 등을 같이 하려고 노력했다.

쾌락은 자극적이나, 오래가지 않는다.

이 쾌락의 언어는 남자와 여자 둘이 만나기만 하면, 대상 불문하고 언제든 가능하다.

물론 특이한 변강쇠나 옹녀가 개중에 없지는 않지만, 대부분은 그렇지 않다.

남자들이 술자리에서 명기, 명기하는데 사실 명기가 얼마나 되겠는가?

남도 할 수 있는 섹스를 내가 한다면, 아니, 그보다 좀 더 잘한다고 하더라도 섹스의 추억이 진하게 남을 리가 없다.

술자리에서 안주 삼는 게 그때 우리 진짜 진하게 놀았지, 라는 사랑 이야기라면 얼마나 비참한가?

눈을 감고 하염없이 내리는 비나 눈을 창가에서 보며, 그때 우리의 사랑은 참 아름다웠어, 라고 고백할 수 있는, 그런 사랑을 해야 인생을 되돌아볼 때 목가적인 서정을 느낄 수 있지 않을까?

나는 그녀의 몸 위에서, 안에서, 그녀의 숨결을 느끼는 것으로도 족했다.

나중에 시간이 흘러 호르몬이 주는 약발이 떨어질 때도, 서로에 대한 흥분과 기대를 저버리지 않을 그 무엇을 만드는 일이 중요하다.

"아, 정말, 정말 좋았어요. 미치게 좋았어요."

"나도 좋았어. 녹아서 죽는지 알았어."

"정말? 그 정도로 좋았어?"

"응."

"아이, 좋아."

만족했다는 나의 말에 그녀는 무척 뿌듯해했다.

잠자리에서 상대방을 만족시키는 일이야말로 가장 본능적인 일이라, 인간의 근원적 자존심과 관련이 있다.

남자로 있게 하는 그것, 여자로 있게 하는 본원적인 그것.

그 원시적인 본능을 무시할 수는 없다.

다만 평상시의 사랑과 신뢰가 깊으면, 이 끈적거리는 원시적 본능도 보다 쉽게 만족된다.

"그러면 우리 어떻게 해요?"

"뭐 어떻게 해. 내가 매일 찾아뵙고, 이렇게 아름답고 섹시한 따님을 달라고 해야지."

"아빠 엄마에게 꼭 그렇게 말해야 해."

"왜?"

"엄마, 아빠는 내가 까불기만 하는 까불이라, 여자로 매력이 없대요."

"그럴 리가 있나? 나를 비롯해, 대한민국 남자들 중에 현주에게 뻑이 간 사람이 얼마나 많은데."

"히히힛. 그렇지?"

"응."

그녀를 가슴에 안고, 알몸을 감상하며 아침이 오는 것을 지켜봤다.

어떻게 해야 그녀의 아버지에게서 결혼 승낙을 얻을 수 있을까?

아무리 생각을 해봐도 답이 나오지 않는다. 이럴 때는 우직하게 나가는 수밖에 없다.

'Stay hungry, Stay foolish!' 스티브 잡스의 말처럼, 열정을 가지고 우직하게 나가는 수밖에 없다, 지금으로서는.

사랑은 쟁취하는 것이다.

그런데 어떻게 쟁취하는 것인가도 중요하다.

나는 이제 나의 사랑을 쟁취해야 한다.

내 양심에 비추어 부끄럽지 않게끔, 그런 방법이어야 그녀의 신뢰와 존경을 얻을 수 있다.

매우 어려운 일이었다.

*　　　*　　　*

계약했던 2층 사무실 공사가 4월 초부터 진행되었다.

이 공사를 위해 연예인 사무실을 몇 군데 방문한 후, 그중 가장 실용적인 디자인을 채택하였다.

아직 소송이 끝나지 않았고, 또 현주의 매니저 일을 봐 줄 사람도 구해야 했다.

사무실에는 가능한 돈을 적게 투자하기로 한 것이다.

김칠복 매니저가 계속해 주면 좋은데, 쉽게 결정을 못 내리는 모양이었다.

민사 소송은 단기간에 쉽게 끝나지 않는다.

일단 일이 돌아가는 형세는 우리에게 유리했다.

현주는 전 JM 엔터테인먼트사로부터 계약금을 받지 않은 상태여서, 계약 파기 위약금 자체가 없는 상태였고 계약 기간도 2년밖에 남지 않았다.

그리고 삼촌이 이사로 있는 회사라는 독특한 상황 때문에, 다른 조건들이 무시되고 신의 성실의 의무만 남은 상태였다.

이게 가능한 것은 조카를 사랑하는 삼촌의 배려도 있었지만, 이 시기에 현주를 영입하려는 기획사가 워낙 많았기 때문이었다.

거기다 합병한 HMT 엔터테인먼트가 부당한 방법으로 계약 연장을 강요한 증거가 드러나면서, 확실하게 현주가 유리해졌다.

'이럴 때 하나 터뜨려 줘야 하는데.'

나는 스파이 캠코더로 그때 찍은 이미지들을 편집했다.

결정적인 부분에서 자꾸 현주와 관련된 이야기가 나와 애를 먹었다.

할 수 없이 대학 후배인 장종철에게 전화를 걸어, 집으로 오라고 했다.

장종철은 영상 미디어 쪽에 일가견이 있어, 이런 영상 편집은 프로 못지않게 잘했다.

거기다 결정적으로 입이 무겁고 인간성이 좋은 편이라, 아끼는 후배 가운데 하나였다.

2시간 후에 도착한 녀석은 아래층에서 어머니에게 밥까지 얻어먹은 뒤, 내 방으로 올라왔다.

하여튼 친화력 하나는 끝내주는 녀석이었다.

"요즘 뭐하고 지내?"

"뭐하긴요. 취업 준비하느라 죽겠어요."

"후후. 고생한다."

"아니, 형은 왜 그 좋은 회사를 그만두셨어요? 요즘 STL이 얼마나 잘나가는지, 거의 뭐 독보적이던데요."

STL이 한국 투자를 결정한 뒤 한국에 쏟아부은 돈은 어마어마했다.

들리는 말로는 벌써 3조가 넘었다 한다.

그러면 뭐하는가, 나는 이미 그만두었고 회사의 주인도 아닌데.

"편집을 하는데 어려운 게 있어서, 네 손을 좀 빌릴까 하고서."

"뭐예요?"

"이거. 어떻게 현주 씨 드러나지 않게 편집할 수 없냐?"

그는 내가 찍은 이미지들을 보면서, 감탄을 여러 번 했다.

"와우, 이 여자 장백희네요. 참 연예인 해먹는 것도 쉬운 것이 아닌가 보네요."

종철은 금방 등장인물을 알아차렸다.

이렇게 되면 더 곤란해진다.

현주에게 도움이 되기 위해 만드는 동영상이, 다른 사람에게 피해를 줄 수도 있으니 말이다.

종철은 내 얼굴을 한 번 쳐다보더니 피식 웃었다.

"그러니까, 저 여자나 형수님의 내용은 안 나와야 한다는 말이죠?"

"응. 그런데 그게 쉽지가 않네."

"참 내, 뭐가 힘들다고 그래요. 비켜 보세요."

종철은 번개같이 손을 움직여, 편집 프로그램 'RealPlayer'를 조작하기 시작했다.

내가 그렇게 힘들어 하며 고민한 부분들을, 단 30분 만에 완벽하게 편집해 놓았다.

"그런데 이거 어떻게 구하셨어요?"

"힘들게."

"호오. 혹시 직접 찍으신 거 아녀요?"

"쓸데없는 호기심은 위험을 자초하는 거야. 이게 인터넷을 탈지도 모르는데, 네가 편집했다고 하면 취업에 영향을 줄 수 있으니 입조심하고."

"젠장, 그럴 수도… 있으려나?"

물론 그럴 확률은 거의 없지만, 만약 잘못되어 경찰이 수사에 들어가면 귀찮은 일을 당할 확률도 있었다.

"소희에게도 이야기하면 안 돼. 무슨 말인지 알지?"

"네… 알아 모시겠습니다."

움찔하는 게, 소희에게 방금 본 장면을 자랑할 모양이었던 것 같다.

소희는 종철이 2년을 쫓아다녀 사귄 그의 애인이었다.

이렇게 다짐을 해놓으면, 종철은 어떤 상황이 와도 말을 하지 않는다.

이게 이 녀석의 장점이다.

"형, 한턱 내셔야 해요."

"소희하고 같이 갈 수 있는 풀 패키지를 하나 선물하면 되겠지?"

"와, 형 정말이에요?"

"소희에게 변명거리 잘 생각해 놔. 괜히 어디서 구한 거냐고 추궁받다가 털리지 말고."

"아, 참. 그렇군요. 그 앙큼한 것이 의심은 많아가지고."

종철은 기분이 좋아졌는지 연신 싱글벙글한다.

녀석은 나의 일에 항상 적극적으로 나서곤 했는데, 그때마다 내가 대가를 섭섭하지 않게 했기 때문이다.

예전부터 후배들이나 동료들에게 일을 부탁하면 반드시 보상을 했다.

한두 번이야 친분 때문에 해줄 수 있지만, 거듭된 부탁은

지인조차도 이런저런 이유를 대고 피하게 마련이다.

일의 효율성을 생각하면, 보상을 하는 게 싸게 먹혔다.

30분 작업을 위해 지금 적지 않은 돈을 쓰는 이유도, 다른 전문가에게 일을 부탁하면 보안에 문제가 생길 뿐만 아니라 돈은 동일하게 든다.

어떤 일이든 정당한 대가를 지불하는 게 절대 손해는 아니다.

종철은 내가 사장으로 있는 커피숍에서 커피까지 얻어먹고 갔다.

나는 녀석이 보는 앞에서, 인터넷으로 연인과 함께 구경할 수 있는 도심 패키지를 끊어주었다.

연인을 위한 주말 데이트 코스로, 여행사와 호텔이 조인한 프로젝트 상품이었다.

나는 종철이 편집한 영상에 만족했다.

이것 한방이면 게임 끝이다.

어차피 HMT 엔터테인먼트는 지금 사장인 이삼열이 경영에 나설 수 없는 상황이 되어, 갈피를 못 잡고 있었다.

혹시 몰라 우체국 근처의 길에서 어영부영하는 남자에게 돈을 좀 집어주고, 우체국 택배를 통해 변호사 앞으로 보냈다.

다음 날, 바로 변호사에게 전화가 왔다.

결정적인 제보를 받았으니 승소는 확실하다는.

나는 그 소리를 듣고 미소를 지었다.

'승소는 무슨, 바로 백기 들고 나오겠지.'

그냥 현주와 함께 장승주 변호사에게 소송을 맡긴 다른 연예인들이 땡잡은 것이었다.

그 정도의 증거 자료면 사실 재판도 필요 없었다.

HMT 엔터테인먼트와 직접 협상할 수 있는 카드였다.

톱스타를 강간한다고 협박을 하는 장면이 찍혔는데, 그들이 무슨 수로 재판에서 이길 수 있다는 말인가?

서둘러 합의금을 짊어지고 와도 부족할 판이었다.

나의 예상대로, HMT 엔터테인먼트는 바로 항복하고 말았다.

그리고 적지 않은 합의금을 현주에게 지불했다.

다른 연예인들은 동영상과는 직접적인 관계가 없어, 그냥 계약을 해지하는 것으로 마무리되었다.

현주의 계약이 마무리되자, 현주의 외삼촌인 김승우 이사가 몇 명의 연예인을 모아 사무실을 찾아왔다.

오랜만에 사무실에 사람들로 꽉 찬 것을 보니 왠지 기분이 좋아졌다.

이번 일은 현주가 가장 먼저 용감하게 소송을 제기해, 계약 해지를 이끌어 내었다.

그 덕을 본 면이 있었고 또 그동안 김승우 이사와의 정리도 남아 있어, 연예인들이 그와 함께하기를 원했다.

나는 차라리 잘되었다는 생각이 들었다.

외삼촌이니 적어도 그녀에게 해가 되는 일을 시키지 않을 것이다. 여기에 몇몇 매니저마저 붙으니, 더 이상 신경 쓸 일이 없어졌다.

사무실이 협소한 편이긴 했지만 김승우 이사는 당분간 이곳을 사용하기로 했다.

다른 연예인도 소송에 지쳐 다른 생각을 할 여지가 별로 없었다. 가수 중에서는 루나와 커리, 배우 중에서는 박상욱이 참여하였다.

톱스타는 아니어도 제법 먹히는 연예인들이라서, 새로운 연예 기획사를 세우는 데에 어려움은 없을 것 같았다.

그들 모두 이전의 계약 기간이 지날 때까지는, 따로 계약금을 받지 않기로 하였으니 말이다.

그렇게 할 정도로 JM 엔터테인먼트는 연예인들에게 많은 배려와 편의를 제공했다고 할 수 있었다.

여가수가 둘이나 온 것은, 성상납을 은근히 조장하는 HMT 엔터테인먼트의 처사에 치를 떤 탓이 컸다.

*　　　*　　　*

현주의 일을 무사히 마무리 짓고, 나는 다시 커피숍으로 돌아왔다.

올해는 2002년으로, 우리나라와 일본이 월드컵을 공동 개최하는 해였다.

TV와 거리에 벌써부터 붉은 옷을 입고 돌아다니는 사람들이 많았다.

나는 이미 결과를 알지만, 다시 경험하게 되는 월드컵 경기도 사뭇 관심이 있었다.

히딩크 감독은 2000년 12월에 대표 팀을 맡은 이후, 2001년 5월말 컨페드컵에서 프랑스에 5 : 0으로 대패한다.

2001년 8월 체코에 0 : 5로 패한 뒤 별명이 오대영이 된 적도 있었다.

그런데 그는 조금도 주눅 들지 않았었다.

우리는 제대로 가고 있다고, 오히려 강팀과 붙어 적응력을 길러야 한다고 강조했다.

만약 그가 유럽의 강호들과 평가전을 가지지 않았다면, 홈 어드밴티지를 감안하더라도 우리나라 대표 팀의 월드컵 4강은 불가능했을 것이다.

인생도 히딩크처럼 5 : 0으로 져도 '창피하지 않다, 좋은 경험이었다' 고 말할 수 있으려면, 분명한 목표가 있어야 한다.

목표가 분명하지 않으면, 5 : 0은 정말 수치스러운 숫자다.

히딩크가 지고도 당당하게 말할 수 있었던 것은, 분명한 목표를 향해 나아가고 있었기 때문이다.

월드컵이 이제 일주일 앞으로 다가왔다.

며칠 전 영국과의 평가전에서 한국은 1 : 1로 비기는 쾌거를 달성했다.

사람들 사이에서 해볼 만하다는 의견들이 조금씩 나오고 있었다.

세계 최강 프랑스와의 평가전을 이틀 후로 앞두고, 사람들은 모두 월드컵에 관심을 가졌다.

월드컵 열기가 고조되어 가는 와중에도, 나는 여전히 차분하게 주식에 대해 공부했다.

나는 특히 선물 옵션에 대해 열심히 공부했다.

세계적인 경기 침체를 일으켰던 몇 가지 사건이 있었다.

이렇게 확실한 소스가 있는데, 그 이익을 극대화하지 않는다면 이는 바보라고 고백하는 것이나 마찬가지였다.

나는 선물과 옵션의 포지션에 대한 확실한 이해를 가지고, 증권사의 창구에 갔다.

담당 직원에게 보조 설명을 들으며, 콜 매수와 풋 매도를 가상으로 여러 번 해보았다.

날마다 선물과 옵션의 개념을 세심하게 잡으며 하루하루

를 보내고 있었다. 그러다 가끔 현주의 부모님 집에 들려, 따님을 달라고 했다.

정원의 붓꽃과 목단에 물을 주시던 아버님이, 난처한 얼굴로 나를 바라보았다.

"나는 자네가 좋네. 올 때마다 그 비싼 루이 13세를 가져오는 것은, 어지간한 열정이 아니면 힘들지. 사실 조금 부담이 되기는 하지만, 우리 현주의 가치가 그만큼이라고 자네가 인정해 주는 것이니 기껍게 마실 수 있네. 그리고 자네의 진지함도 좋네. 하아, 하지만 말일세. 내게 좀 문제가 있네. 그래서 안 된다는 것일세. 자네와는 아무 관계가 없으니 좀 기다려 주게."

'뭘까?'

나는 처연한 표정으로 붓꽃을 어루만지시는 아버님의 모습을 보고, 더 이상 곤란하게 해 드려서는 안 된다는 것을 깨달았다.

좀 전의 말도, 아버님께서 큰 자존심을 다치면서 해주신 말이리라.

나는 현주의 집에서 나오면서, 직감적으로 아버님에게 무슨 일이 있음을 알아챘다.

눈치가 그다지 빠르지 않은 내가 알 정도면, 아버님에게 큰 문제가 있다는 뜻이다.

'그것이 뭘까? 전생의 내 아들과 같이, 출생의 비밀이라도 있나?

그렇게 보기에는 너무 화목한 가정이었다. '뭐지, 뭐지, 뭘까?'

머리가 아파 오자, 나는 일단 생각하는 것을 포기했다.

자료 조사를 먼저 한 다음 생각해야 할 것 같았다.

사무실은 2층이지만 거의 내 커피숍에서 지내는 현주에게, 나는 아주 조심스럽게 이것저것 물어보았다.

아무리 생각해도 출생의 비밀은 아닌 듯했다.

일단 현주가 어머님의 얼굴 형태였고, 아버님의 눈썹과 코를 닮은 외모였다.

"자기야."

"응?"

은근하고 따뜻하게 대답하는 현주다.

"요즘 집안에 어려운 점 없었어?"

"글쎄? 별로 없는데. 아… 아버지가 요즘 돈이 좀 필요하신 것 같아서, 내가 가지고 있던 돈을 드렸어. 원래 관리는 엄마가 했었거든."

"응? 얼마나?"

"있는 거 다."

"그게 얼마인데?"

"12억 정도 되나?"

"……"

"아버지가 사업하시는 데 급전이 필요하셨나 봐. 흑자이긴 한데, 갑자기 좀 어려워졌나 봐."

"그래?"

나는 의아했다.

사업을 하다 보면 돈이 필요할 때가 있기는 하지만, 집에 손을 벌릴 때는 이미 갈 때까지 가고 난 후다.

사업을 하는 사람은 대부분 제1금융권에서 돈을 빌리고, 그것이 안 되면 제2금융권으로 넘어간다.

친구와 집에 손을 벌리면 거의 막장까지 갔다는 말이 된다.

그런데 흑자라?

물론 흑자라도 돈이 일시적으로 필요할 수는 있지만, 그런 돈은 어지간하면 은행에서 대출이 가능하다.

'뭔가 이상한데.'

나는 의아해서 현주에게 계속 물었다.

나의 성격을 아는 그녀는 처음에는 잘 대답해 주다가, 너무 꼬치꼬치 묻자 화를 냈다.

"오빠, 도대체 왜 그러는 거야?"

"이상해서 그래."

"혹시 아빠가 내 돈을 갖다 써서 그러는 거 아냐?"

눈을 가늘게 뜨고 노려보는 것이, 여차하면 또 한바탕해 댈 심사였다.

"아버지가 딸 돈을 갖다 쓴 게 뭐가 어때서. 그거야 당연하지. 뭔가 찜찜해서 그래. 아버님의 마음은 우리 결혼을 반대하시지 않는 듯해. 그럼에도 계속 반대를 하시는 것은, 앞으로도 네가 버는 돈이 필요할지 모른다고 판단하신 것이지. 지금이야 부모 자식 간이라서 말하기 편하지만, 결혼을 하게 되면 중간에 내가 끼게 되니까 아무래도 껄끄러워지고 말이야."

"……."

현주는 나의 말에도 여전히 마음이 편하지 않은 모양이었다.

"나를 믿어. 나 자기가 버는 거, 평생 1원 한 푼 안 쓸게. 난 자기랑 결혼하는 데 장애물이 과연 무엇일까 생각하는 거야. 생각하면 생각할수록 퍼즐이 안 맞아. 상식적으로 회사가 흑자면, 은행권에서 대출이 가능해. 그런데 은행권에서 대출을 안 받고 너에게 말했다는 것은, 이미 은행의 대출이 풀로 차 있거나 아니면 흑자가 아니라는 뜻이지. 대차 대조표를 보면, 흑자처럼 만드는 것은 그다지 어렵지 않거든. 실제로는 적자인데 회계 장부만 조작해, 흑자처럼 보일 수 있다는 것이지. 그래서 이상하다는 거야."

나의 설명을 다 듣고서야, 현주의 표정이 조금 풀어졌다.

하여튼 상대방의 부모나 형제에 대해 이야기를 할 때는, 항상 부처님이나 예수님 말씀보다 위라고 생각해야 한다.

아무리 부부간에 사이가 좋아도, 상대방 가족을 깎아내리는 것은 스스로 쥐약을 먹는 행위이다.

'나 엄마 때문에 미치겠어.' '아빠 돈 거 아냐?' 이렇게 나와도 '어, 그러니?' 하고 말아야지, 여기서 넘어가면 한 방에 훅 간다.

'맞아, 내가 봐도 그런 거 같아. 당신 식구들 이상해.' 이러면, 그날로 각방이다.

남자든 여자든, 언어의 겉에 속으면 안 된다.

'엄마 때문에 미치겠어.' 이 말은, 이런 문제로 고통을 받고 있으니 당신의 위로가 필요하다는 다른 표현이다.

그러니 '우리 시원한 맥주 한잔하러 갈까? 당신이 좋아하는 그 가로수 길도 걷고 말이야.' 이렇게 나와야 한다.

언어의 내면을 살피면 그 속에 말하는 사람의 감정이 녹아 있다.

여자가 연애할 때 '나 꼭 오늘 당신하고 말할 게 있어요.', '오늘 당신하고 같이 있고 싶어요' 라고 한다면, 이는 위험 신호를 보내는 것이다.

만약 해결이 안 되면 심각한 문제, 즉 당신과 헤어지는 것도 고려할 수 있다.

그러므로 회사에 가지 않아 잘릴 상황이 아니면, 이때에는 여자의 말에 귀를 기울여야 한다.

인생을 살면서 그런 날이 몇 번이나 있겠는가?

내게 헌신적인 그녀도, 가족의 이야기를 집중해서 물어보자 바로 이를 드러내고 경계를 한다.

어쩔 수 없는 피의 끈이 그만큼 질기기 때문이다. 나를 사랑하는 마음과는 아무 상관이 없다.

어쨌든 나는 감을 잡았다.

이제 조사를 해보면, 무슨 문제가 있는지 알겠지. 아무리 쥐가 은밀하게 숨어 있어도, 고양이는 어디 있는지 안다.

그러니 고양이처럼 다가가, '야옹' 하는 소리에 놀라 튀어나오는 놈을 잡아 족치면 된다.

그게 사람이든 상황이든 또는 숫자이든, 튀어나오는 놈만 잡으면 된다.

그러면 우리의 결혼을 막고 있는 문제를 해결할 수 있다.

아버님 공장이 어디냐고 묻자, 그녀는 왕십리라고 대답했다.

나는 좀 놀랐다.

공장이 서울 시내에 있을 줄은 생각도 하지 못했다.

그것도 한양대 바로 맞은편이었다.

4장

부정과 비리

나는 차를 몰고 현주의 아버님 회사로 향했다.

차 안에서 얼핏 보니, 일반 주택도 있지만 기찻길 옆으로 목재 공장이 많이 들어서 있었다.

서해 주물은 가장 안쪽에 놓여 있지만, 이곳에서는 규모가 제법 있는 회사였다.

종업원 수만 50여 명이 된다.

지대가 낮아 만약 재개발을 한다면, 토목공사는 좀 수월해 보였다.

땅을 파는 토목공사에 드는 시간과 비용을 생각하면 상당히 메리트가 있는 지역이었다.

비록 기찻길 옆이지만, 기차는 하루에 몇 번 다니지 않으니.

'흐음. 서울 시내에 이런 곳이 있다니 의외네.'

물론 한양대 뒤편으로 산동네가 조성되어 있지만, 거기는 가구 수가 많아 재개발할 때 주민의 동의를 받기 어렵다.

그러나 이곳은 넓은 토지에 비해 거주 인구가 적다.

마음만 먹으면 언제든 재개발을 할 수 있는 곳.

인근의 부동산에 들려 시세를 물으니, 역시나 재개발설이 돌아 땅값이 많이 오르고 있는 중이라고 한다.

머릿속으로 그림이 조금씩 그려지고 있다.

누가 이곳의 땅을 매입하기를 원한다면, 어떤 방법을 사용할까를 생각해 봤다.

현재 이곳에 입주한 모든 사람이, 땅을 파는 것에 동의하지는 않을 터이다.

서울 시내 한복판이라 재개발할 때 무력을 동원하기도 쉽지 않다. 그렇다면 어떻게 입주한 회사를 어려워지게 만들 수 있냐, 이다.

물론 이런 생각이 오판이기를 진심으로 바란다.

자라 보고 놀란 가슴 솥뚜껑 보고 놀란다고, 내가 그 짝이었다.

차를 서해 주물 안으로 몰고 들어가, 수위에게 사장님을 만나러 왔다고 말한 뒤 한적한 주차장에 세웠다.

나는 선물로 사온 건강 음료를 꺼내 들고 사장실을 찾았다.

똑똑.

노크를 하고 들어가자, 서현명 예비 장인을 만날 수 있었다.

"어서 오게. 현주에게 온다는 이야기를 들었는데, 어떤 일인가?"

"인사 차 들렀습니다. 생각보다 공장이 크군요."

"이제 못 해먹겠네. 한 해 한 해 버티는 것도 힘이 들어."

집에서와 달리, 나에게 속마음을 쉽게 털어놓는다.

어지간한 중소기업이니, IMF를 견디어 내는 것만으로 매우 고단했으리라.

그리고 그렇게 극복했는데 뜬금없이 찾아온 위기에 몹시도 당황했으리라.

슬쩍 봤지만, 공장 사람들의 표정이 어둡고 지쳐 있었다.

회사가 생각보다 어렵다는 것은 확실한 듯했다.

"이곳에 재개발설이 돈다고 하더군요."

"그것 때문에 죽겠네. 하루가 멀다 하고 땅을 팔라 성화네. 젠장할 놈들, 대기업이 이제는 투기까지 하려고 별수를 다 쓰더군."

대기업이라는 말에 잠시 놀랐다.

대기업에 당해 본 적이 있는 나만큼, 그들이 얼마나 피도 눈물도 없는지 아는 사람은 드물 것이다.

"어딥니까?"

"로타 그룹이네. 그 망할 놈들이 전국 요지의 땅은 모두 사야 직성이 풀리는지, 하루가 멀다고 찾아오고 있네."

로타 그룹은 빙과류, 과자, 호텔 사업 등등 돈 되는 것은 다 하는 기업으로, 진짜 주력 사업은 땅 투기였다.

게다가 직원들 연봉은 얼마나 짠지, 대기업에 다닌다고 말하기도 부끄러운 회사였다.

은행 거래는 안 한다고 할 만큼 현금이 많기도 했다.

"죄송하지만 혹시 회사의 재무제표를 볼 수 있을까요? STL에 다닐 때, 한동안 재무제표를 평가했었습니다. 아시다시피 STL은 항상 거래하기 전에 그 회사의 재무제표를 검토하고, 이상이 없으면 합니다."

"흐음. 그게……."

그는 조금 난감한 표정을 지었다.

비상장 회사의 재무제표는 대외비였다.

자금이 취약한 중소기업이기에, 자금의 흐름이 파악되면 작은 돈으로도 숨통이 끊길 수 있었다.

게다가 각종 비합리적인 돈의 흐름은, 쉽게 남에게 보여 줄

만한 것은 아니었다.

"부담이 되시면 안 보여 주셔도 되십니다."

"아닐세. 자네와 아주 상관이 없지는 않지. 잠깐 기다리게."

아버님은 책상의 서랍 자물쇠를 열쇠로 열고는, 여러 서류 가운데 하나를 꺼내 들었다.

"작년 세무서 제출용을 작성하며 같이 만든 것이네."

나는 재무제표를 받아 들었다.

일반 대기업과는 달리, 확실히 주먹구구식으로 작성되어 있었다.

회계는 단식이든 복식 부기든 계산이 기본이다.

더하기 빼기를 일단 잘해 놓아야 하는데, 얼핏 봐도 알아보기가 쉽지 않다.

거기다 이런 중소기업의 회계 방식은 당연히 단식 부기다.

만약 문제가 생겼을 경우 원인 파악이 쉽지 않다.

"흐음, 알아보기가 쉽지 않네요."

"경리를 오라고 할까?"

"아닙니다. 잠깐 살펴보는 것인데요, 뭘."

나는 주의 깊게 항목을 검토하였다.

뭔가 의도적으로 산만하게 만든 듯한 느낌을 받았다.

"좀 이상하군요."

"뭐가 말인가?"

"작년부터 외상 거래가 지나치게 많아진 것 같습니다. 못받은 곳도 있고요."

"요즘 경기가 안 좋아서 그런 탓이지."

별 의심이 없는 아버님과는 달리, 나는 부기 방식에서 이상함을 느꼈다.

누군가 의도적으로 회계 장부를 비튼 느낌을 받았다.

'이상하군. 이상해. 우량 회사였는데, 이렇게 갑자기 현금 유동성이 나빠질 수가 있나?'

현금의 유동성은 재무제표 파악에서 가장 중요한 요소 중 하나다.

흑자도산이라는 말이 시중에 간혹 나오는 이유는, 이 현금 유동성이 나빠지기 때문이다.

즉, 아무리 자산이 많아도, 재고나 부동산과 같이 즉각 현금화시킬 수 없는 자산은 아무런 도움이 안 되는 경우가 생긴다.

'누가 의도적으로 현금의 흐름을 막거나 비틀었다면?'

갑자기 머리를 망치로 맞은 듯한 충격을 받았다.

내가 미래 그룹의 손아귀에서 놀아날 때도 이와 비슷한 흐름을 보였다.

미국과 같이 징벌적 손해보상 제도가 없는 한국에서 중소기업을 죽이는 것은, 대기업에게 파리 한 마리 죽이기보다 쉬운 일이다.

예를 들어 중소기업이 수년을 연구 끝에 제품을 만들어 냈다고 치자.

그럼 대기업은 그 라이센스를 취득하는 것이 아니라, 비슷하게 만들어 버린다.

특허가 있는 경우만 피해 가면 된다.

심지어 똑같이 만들고 소송이 들어오면, 의도적으로 질질 끈다.

중소기업이 소송에서 이겨도, 이미 부도가 나는 경우도 많다.

제품이나 디자인은 아이디어가 중요한 것이지, 만드는 기술이 아니다.

어떠한 제품이든 그것이 특별하지 않다면, 샘플만으로도 쉽게 만들어 낼 정도로 기술은 평준화되어 있다.

"아버님, 이상해서 그러는데, 좀 자세히 봐도 되겠습니까?"

"그게 무슨 소리인가?"

"누군가 의도적으로 개입한 흔적이 있습니다. 이 재무제표는 누군가를 속이기 위해 만든 느낌이 듭니다. 회계 전문가가 아니어서 어디가 잘못되었는지 모르지만, 국내 대기업들의 재무제표를 검토했을 때와는 사뭇 다릅니다. 뭔가 있습니다.

저도 많이 본 케이스인데, 제 손으로 커트해서 거래 안 한 기업만 2개나 됩니다."

나의 말에 아버님의 얼굴이 어두워지셨다.

"정말 그런 것인가?"

알아들을 수 없는 희미한 어투였다.

"회사의 이름을 지우고, 전에 다니던 STL의 회계 전문가에게 의뢰해 보고 싶습니다."

"흐음. 그렇게 하게."

나는 그 자리에서 고성능 카메라를 꺼내, 그것을 촬영하였다.

"그건 뭔가?"

"재무제표를 복사하면 직원들이 이상하게 볼 것 아닙니까? 해상도가 높아서, 이렇게 찍어도 보는 데는 지장이 없습니다."

"커험. 알겠네."

혹시 어둠 속에 숨어 있는 뱀을 건드리지 않기 위해, 집에 있는 카메라를 들고 왔다.

이렇게 찍고 그냥 컴퓨터에 연결하여 출력하면 된다.

요즘 카메라의 해상도가 얼마나 좋은지, 원본보다 선명하게 나올 때도 있다.

나는 아버님과 함께 이야기를 나누며, 결과가 나오기 전까지 아무에게도 아는 체하지 말라고 부탁을 드렸다.

*   *   *

서해 주물을 나와 역삼역의 STL에 가서, 재무 회계부의 임학길 대리를 기다렸다.

그와 나는 회사에서 만났지만, 친구의 친구였다.

알고 보니 내 대학 친구인 수한의 동네 친구였던 것이었다. 그래서 상당히 쉽게 친해졌었다.

"어, 이열! 잘 지냈어?"

"오랜만이네."

"무슨 일로 회사를 방문하셨나?"

"개인적으로 부탁할 일이 있어서. 어려운 일은 아니고, 자료 분석을 좀 해줬으면 하고. 보니 뭔가 이상한데, 어디가 어떻게 이상한지를 모르겠거든."

"양이 많은가?"

"아니, 몇 장 안 돼. 얼마 안 걸릴 거야."

"그럼 뭐, 내가 하지. 언제까지 하면 돼?"

"가능한 빨리. 아주 중요한 일이거든."

"호오, 그럼 뭐 한 턱 사는 건가?"

"두 턱이라도 내지."

"오케이. 바로 시작하지."

"안 바빠?"

"회사야 바쁘지. 하지만 요즘엔 야근이 거의 없거든."

"그래……?"

내가 STL을 그만두었을 때는 정신없이 바빠서, 거의 매일 야근에 밤을 새는 경우도 있었다. 이제 바쁜 일은 지나간 것 같았다.

"그거 아무도 모르게 해줘. 일부러 회사 이름이 안 들어가게 찍었지만 혹시 모르니까, 아무도 모르게 해줘."

"왜… 에?"

"나하고 아주 각별한 회사인데, 큰 놈들이 낀 것 같아서."

"흠… 알았네."

나는 Micro SD 칩을 그에게 전해 주고 돌아왔다.

커피숍에 들리니 현주가 기다리고 있었다.

활짝 핀 장미꽃 같은 미소를 머금은 그녀는, 햇살처럼 부드러운 목소리로 말했다.

"아빠 만났어?"

"응. 뵙고 왔어."

"무슨 일이야?"

"별일 아냐. 귀엽고 깜찍하고 섹시한, 그리고 아름답기까지 한 딸을 달라고 하는 것이지."

"히힛, 그래? 그런데 왜 수상한 냄새가 나는 거지? 나 몰래 뭐하는 거 아니지?"

여자의 직감은 무섭다는 말이 있는데, 현주의 경우만 봐도 헛말은 아닌 듯했다.

사람은 마음속에 있는 생각이, 얼굴과 행동에 은연중 드러나게 마련이다.

예민한 사람은 그 미묘한 차이에서, 평소와는 다른 분위기를 읽어낼 수 있다.

"아, 자기. 민정 씨 아까 왔다 갔어. 아버지 수술이 아주 잘된 모양이야. 내일부터 다시 근무할 수 있다는 것 같던데."

"잘됐네."

나는 귀엽게 웃는 현주의 입술에 살짝 키스를 했다.

그녀는 눈을 흘기면서 한 소리 했다.

그러나 그런 말과 달리 기분은 좋은지, 웃으면서 투덜거리는 표정이 재미있었다.

현주는 영화가 끝나고 벌써 CF 광고를 5편이나 찍었다.

다시 복학한 뒤, 수업을 들으며 간간이 TV 예능 프로그램에 나가기도 했다.

다음 날 아침에 출근하니, 책상 위에 쿠키와 나를 닮은 닥종이 인형이 놓여 있었다.

'호오, 멋진데.'

닥종이 인형의 섬세함에 놀라, 그것을 자세히 바라보았다.

정말 정교하게 잘 만들었다.

손님이 짓궂은 이야기를 하면 얼굴부터 붉히는, 순진한 아가씨에게 이런 재주가 있을 줄은 몰랐다.

잠시 있으니 민정이 커피를 가지고 들어와 감사의 인사를 했다.

"사장님, 덕분에 아버지 수술이 잘 끝났어요. 아버지도 좋아하시고, 특히 사장님이 주신 돈으로 맛있는 것을 사 드릴 수 있었어요. 정말 고마워요."

"다행이군요. 아, 이거 다 민정 씨가 만든 거예요?"

"네."

역시나 얼굴을 붉히며 부끄러워한다.

"쿠키가 맛이 상당한데요. 제빵 기술 배웠어요?"

"네, 제빵 기능사 자격증 따고 나서, 커피가 좋아서 다시 바리스타 과정을 밟았어요."

"흠, 기술이 아까운데."

"……."

미소 짓는 그녀를 바라보며, 나는 아이디어가 하나 떠올랐다.

사실 커피 한 잔을 팔아도, 본사에 로열티를 지급하고 나면 생각보다 많이 남지는 않는다. 하지만 고객의 입장에서 커피

값은 상당히 비쌌다.

한쪽 코너에서 케이크를 같이 팔기는 하지만, 그것은 말 그대로 수익 창출을 위해 본사가 제공하는 것이었다.

민정 씨를 바라보자 멋진 계획이 떠올랐다.

"쿠키 만드는 것이 어렵나요?"

"아뇨. 그렇지는 않아요. 오븐만 있으면 쉽게 만들어요."

"그러면 민정 씨가 쿠키를 구워 손님들에게 무료로 제공하는 것은 어때요? 시간을 정해서, 2시부터 5시 사이에 사람들이 출출할 때 제공하는 거죠."

"어머, 정말요?"

민정 씨는 내 말에 오히려 기뻐했다.

"그럼 그렇게 해요. 필요한 장비를 말해주면 구입을 하도록 하죠. 솔직히 내가 사장이지만 커피가 너무 비싸요."

"풉."

다시 밝아진 민정 씨를 보며, 나는 기분이 좋아졌다.

우리의 인연이 이곳 카페모네에서만 국한될지라도, 행복한 미소를 짓고 만나는 것이 어디인가?

그녀가 가장 힘들 때 나는 별거 아닌 선심을 베풀고, 그녀의 인심을 얻었다.

정작 힘이 든 것은 한 사람 몫을 나눠서 일해야 했던 직원들이었지만, 아무도 내색을 하지 않았다.

언젠가 자신들에게 힘든 일이 생기면, 내가 그렇게 해줄 것이라 믿으니까 말이다.

직장이 돈만 버는 곳이 되면, 삶이 팍팍해진다.

깨어서 활동하는 중에 가장 많은 시간을 보내는 곳이 직장인데, 그곳에서 웃으며 일할 수 있다면 그 얼마나 행복할까?

이렇게 생각하니 나 역시 입가에 미소가 어린다.

나는 민정 씨의 재능을 모두에게 말해주고, 서비스로 손님들에게 쿠키를 대접할 것이라 했다.

전지나 매니저를 비롯한 직원들은 케이크의 판매가 줄어들 것을 걱정했다.

"걱정하지 말아요. 손해를 봐도 내가 다 볼 테니까요. 손님들은 충분히 돈을 지불하고 있습니다. 거기에 케이크를 팔아, 더 이익을 남기려는 것은 옳지 않습니다. 먹고 싶은 사람은 여전히 케이크를 먹게 되겠지요. 케이크가 덜 팔려도 커피는 더 팔릴 터이니, 걱정하지 마십시오. 아니면 말고요."

아니면 말고요, 라는 말에 직원들 두 명이 웃었다.

나는 직원회의를 끝낸 뒤, 전지나 매니저를 남게 해 직원들의 재능을 파악하도록 했다.

영국의 수리 업체인 팀슨 사의 사장 팀슨이 기억났다.

전국 850개의 가게를, 직원들 마음대로 운영하게 한 거꾸로 경영의 귀재.

끊임없이 변하는 고객을 가장 잘 아는 이는, 현장에서 근무하는 직원이라는 것이 그의 지론이었다.

최상의 서비스를 받은 고객들의 입소문에 의해, 매출이 증가하는 이상한 회사.

고객의 불만을 없애기 위해서라면, 직원이 500파운드까지 자유롭게 쓸 수 있을 정도로 직원들에게 모든 결정권을 준 회사.

나도 한번 그렇게 해보고 싶었다.

카페모네의 틀만 바꾸지 않는다면, 뭘 하든 무슨 상관이 있겠는가?

이렇게 되기 위해선 교육이 필요하다. 그리고 목표가 있어야 한다.

이익이 나면 그 이익을 공유하고, 직원의 행복을 위해서 사장이 복지에 신경 써야 한다.

쉽지 않은 일이지만 이렇게만 된다면, 나는 더 이상 커피숍에 신경을 쓰지 않아도 된다.

뭐 지금도 거의 신경을 안 쓰기는 하지만 말이다.

나는 차분하게 계획을 세워 전지나 매니저와 상의를 하고, 다음 달부터 거꾸로 경영을 해보기로 했다.

직원들이 서비스, 매장 진열, 할인 마케팅 등을 할 수 있도록 했다.

대박이 나면 좋고, 안 나도 뭐 어떤가?

나는 애초에 커피숍으로 큰돈을 벌 생각이 없었다.

이렇게 일터에서 커피를 마시며 글을 쓰는 것으로 족하였다. 돈이 조금이라도 벌리면 더 좋고.

이곳이 독특한 개성이 있는 매장이 된다면 매출은 자연히 늘 것이라 생각했다.

서비스를 최고로 하며 더 준다는데, 싫어할 손님은 없는 법이다.

아침마다 민정 씨는 갓 구운 쿠키와 아메리카노를 항상 가져왔다.

말없이 조용히 책상에 놓고 갔는데, 가끔 눈이 마주치면 얼굴을 붉혔다.

딱 그 정도라 생각했는데, 요즘 들어 조금 낌새가 이상했다.

미련한 내가 느낄 정도니, 예민한 현주가 못 알아차릴 리 없었다.

뭐, 사실 그녀가 나를 좋아할 만큼 호의를 베풀기는 했지만, 그것은 인간에 대한 평소 신념에 기인한 것이었다.

문제가 생겼다.

우리 커피숍 대부분의 여자가 나의 팬이 되어버렸다.

그중에서 가장 광팬은 당연히 민정 씨였고, 전지나 매니저도 내 팬을 자처했다.

그래도 이렇게 아름다운 영화배우가 지키고 있으니, 나에 대한 애정은 우정보다 더 진해졌다.

그것은 신뢰였다.

사실 이 상황은 불공정했다.

나는 사장이었다.

내가 가진 조그마한 부분을 포기하고 베푼 것에 불과했는데, 돌아온 것은 태산 같았다.

'나에겐 직원도 고객이다. 이들이 만족하지 못하면, 고객들은 더 만족하지 못한다.'

이제 조금씩 카페모네의 직원들이 식구가 되어간다는 느낌이 들었다.

그럴수록 나는 나 자신을 경계하고, 그들을 존중해 줘야 한다고 생각했다.

난 이들보다 조금 더 가진 자니까.

*　　　*　　　*

프랑스와의 평가전은 멋졌다.

전반 앙리의 센터링을 받은 트레제게가 가볍게 슛으로 연결한 것이 골이 됐다.

박지성이 상대 수비 뒤쪽으로 찔러주는 스루 패스를 받아, 수비를 제치고 왼발로 강슛을 날려 동점을 만들었다.

그리고 이어서 이영표의 프리킥을 설기현이 헤딩해, 역전 골을 넣었다.

이후 2실점을 해 3 : 2로 패했지만, 한국 사람들은 이제 해 볼 만하다고 생각하기 시작했다.

신문선 해설 위원의 '이런 실력이면 16강, 8강, 4강 우승도 할 수 있겠어요' 라는 농담이 이루어진 월드컵.

모든 응원자의 소망이 이루어진 날, 나는 그날을 다시 보고 있다.

그때는 그다지 관심이 없어 경기를 집에서 보았었다.

하지만 다시 보는 경기는 나의 피를 뜨겁게 하고 있었다.

왜 일까?

왜 다시 보는 월드컵이 내 피를 뜨겁게 만드는 것일까?

이미 결과를 알고 있는데.

생각해 보니 나는 그때 거기 없었다.

대표 팀을 보며 국민의 한 사람으로 당연히 기뻐했지만, 그게 다였다.

온 국민이 누렸던 그 광기와도 같았던 열정의 그늘 뒤에, 나는 숨어 있었던 것이다.

그때 난 맞선 본 김미영과 결혼하기 위해, 온 정신을 거기에 몰두해 있었다.

그녀가 그 남자와 경기를 보고 침대에서 뒹굴고 있는 줄도 모르고 말이다.

그녀는 지금 어떻게 되었을까?

그 생각을 하니 갑자기 마음이 우울해졌다.

그녀는 내 마음 깊은 상처다.

보면 쓰리고, 보지 않으면 궁금한, 그런 이상한 상처.

물론 거기서 더 나아가지 않지만 말이다.

지이잉.

핸드폰이 창가의 책상 위에서 부르르 떤다.

"여보세요?"

[아, 이열. 미안 바빠서 연락 못했네. 자료는 다 분석했고 결과는 대박이다.]

"뭐 나온 거 있어?"

[그 재무제표 다 가짜야.]

"뭐어?"

너무 놀라 나도 모르게 소리를 질렀다.

[얼핏 보면 맞는 것 같지만 사실은 하나도 안 맞아. 게다가 공금 횡령에 페이퍼 컴퍼니로 주문한 흔적이 보여. 누군가 내부에 동조자가 있었겠지.]

"재무제표로 그런 게 나와?"

[물론 나오지 않지. 따로 알아봤거든. 워낙 조그만 회사라 정보를 얻기 힘들었는데, 서해 주물이지? 하도 서류가 개판이라 회사 이름을 안 지웠어. 너무 이상했거든.]

"그럼 누가 서류 조작에 참여했을 것 같아?"

[일단 작성자는 100%고, 회사에서 사장 말고 다음으로 힘센 놈이겠지. 사장이 절대적으로 믿는, 그러니 이런 게 가능하지. 그런데 사장이 누구야? 이 정도로 해먹을 때까지 모르고 있었다는 게 말이 안 돼.]

"……."

할 말이 없었다.

어느 정도의 부정과 비리가 있을 것이라고는 생각했는데, 완벽하게 가짜일 줄은 꿈에도 몰랐다.

도대체 사람들이 무슨 생각을 하고 사는지 모르겠다.

어떻게 이런 일을 하고도 하늘 아래 태연히 살아갈 수 있는지, 정말 신기할 정도였다.

인간이 인간의 신뢰를 저버릴 수 있는 그 이유가 뭔가?

도대체 뭐가 있기에, 이러한 일이 가능할까?

이건 전생에 내가 당한 것보다 더 심한 편이었다.

나야 내부 동조자는 없었다. 다행으로 여겨야 하는지는 모르겠지만.

그냥 대기업이 자금을 막고 직원을 빼 가고, 그러기를 몇

달 반복하다 보니 자연 부도가 났었다.

'그런데 왜 이런 짓을 할까? 아, 땅이구나.'

개인의 재산이면 방법이 없지만, 회사의 땅은 이렇게 저렇게 근저당이 잡혀 있을 것이다.

서울 시내에 그렇게 넓은 땅을 가지고 있으면, 어지간한 돈으로는 물을 먹일 수 없다.

그래서 주문이 없으면서도 물건을 허위로 만들어 재고를 쌓아 놓고. 물론 그 물건들은 다른 장소에 있겠지만.

유동성을 압박하면, 목줄을 끊는 것은 일도 아니다.

이미 쓰러져야 할 회사가, 현주의 돈으로 가까스로 연명이 되고 있었던 것이다.

회사의 규모가 작아 무한정 물건을 찍어낼 수 없었던 것이, 오히려 지금까지 망하지 않은 이유였다.

한국의 톱스타가 광고를 찍어 메우고 있으니, 그들도 쉽지 않았던 것이다.

아예 회사가 커버리면 돈의 단위도 같이 커져 현주가 감당을 못할 텐데 말이다.

이론상으로는 벌써 부도가 나도 두 번 이상은 나야 할 상황이었다.

나는 소름이 돋았다.

인간이 어떻게 이렇게 사악할 수 있단 말인가?

아무런 원한도 없이 오직 돈을 벌기 위해, 멀쩡한 회사를 내부자와 공모해서 부도를 내는 악랄함에 치가 떨린다.

'하아, 아버님도 참, 사람을 너무 믿으시는구나.'

팀슨 사의 팀슨은 29살에 아버지 사촌의 반란으로 회사에서 쫓겨났다.

그리고 2년 후 다시 팀슨 사를 인수한다.

그는 사람을 믿지 않고, 단 1%의 주식도 다른 사람에게 주지 않았다.

사업을 하면서 사람을 믿는 것은 힘든 일인가 보다.

이번 일은 아직 여러 가지 의문이 들었지만, 그러나 어쨌든 이제 행동해야 한다.

나는 다시 왕십리에 있는 서해 주물을 방문해서 현주의 아버지를 뵈었다.

"결과가 나왔나?"

아버님은 나를 보자마자 궁금한 듯 물었다.

나는 고개를 저었다.

일단 먼저 정보를 얻는 것이 중요했다. 이 일은 생각보다 복잡하여, 증거가 없다면 오히려 상대에게 당할 수도 있다.

"아직 분석 중입니다. 생각보다 까다로운 모양입니다. 아무래도 그 친구가 회사 일과 병행하면서 하다 보니, 시간이 걸리는 듯합니다. 그 친구도 조금 이상한 재무제표라고 하더군요. 작성자가 누구입니까?"

"김혜영 경리이네. 그 위에는 상무이사인 박무영이 있네."

그 두 사람만으로는 이런 큰일을 진행하지 못한다.

공범이 더 있다.

적어도 주물을 만드는 공장장이나 그에 상응하는 누가 협조하지 않으면, 실무자가 매번 와야 하는 주물의 특성상 이런 일이 발생하기는 힘들다.

주물은 모형을 드는 일이므로, 작업을 할 때마다 일일이 수작업으로 해야 한다. 그러니 생산 파트에서 협조한 직원이 있게 마련이다.

'이 일을 어떻게 풀어 가나?

아버님에게 말씀드리지 않은 이유는 정보가 너무 없기 때문이다.

그러고 보니 내가 이런 일을 너무 모른다.

알고 있는 모든 사람을 떠올려 보았지만, 적당한 사람을 찾지 못했다.

나는 결국 만만한 종철에게 전화를 걸었다.

"아, 종철아. 너 혹시 정보에 정통한 사람 혹시 알고 있니? 내가 좀 알아볼 게 있어서그래."

종철이는 발이 넓은 편이라 혹시, 하고 물었는데 대답이 걸작이다.

[형, 도대체 뭐야? 내가 다 알아서 해줄게. 수고비만 두둑하게 줘.]

"정말이니? 그런데 아무도 모르게 은밀히 해야 해."

[형, 걱정하지 마. 그런 일에 아주 특급인 녀석을 알고 있으니까.]

"그래, 부탁하자."

[그런데 저번에 그 동영상 편집도 그렇고, 아무리 봐도 형 수상해.]

"하하, 이제 알았냐? 나 수상한 거."

[젠장, 재미 하나도 없네. 그놈하고 날 잡아서 같이 갈게. 맛있는 거 사 줘야 해.]

"그런데 소희하고는 잘 지냈어?"

[흐흐흐, 형 덕분에 그날 죽여줬어. 소희 그 애가 완전 뻑이 갔어. 크흐흐흐.]

"좋았다니 다행이다."

[이거 어째 형하고 엮이는 기분인데.]

"나야 너하고 엮이면 고맙지."

종철은 기분이 좋은지 전화로 마구 떠들었다.

나는 별로 영양가도 없는 말을 듣고 있었다.

뭐 수화기를 들고 가끔 가다 추임새만 넣어주면 녀석에게 점수를 왕창 딸 수 있으니, 마다할 일은 아니었다.

나는 종철이와 대화를 마치고, 이 일을 어떻게 처리할 것인가 고심했다.

대기업이 중간에 있으므로 쉽지 않을 거라 생각했는데, 이건 뭐 대기업이 아니라 조폭보다 더한 놈들이었다.

비열한 방법으로 부를 축적하여, 자자손손 황제같이 산들 뭐가 자랑스럽겠는가?

그들이 먹고 자고 누리는 것이, 가난하고 없는 자들의 눈물과 고통일 텐데.

'언젠가 그 업이 돌고 돌아, 너희의 머리를 치리라. 이 세상에 영원한 것은 없으니까.'

그러니 부지런히 덕을 쌓아야 한다.

경주의 최 부자는 흉년에는 땅을 사지 않는다는 것을 실천해, 300년의 부를 이었다.

왜 흉년에 땅을 사지 않았을까?

흉년에 파는 땅은 땅이 아니라 그들의 눈물이고 생명이니, 살 수 없었던 것이다.

오히려 흉년에 곡식을 풀어, 사방 100리 안에 굶어죽는 사람이 없게 하라는 진정한 귀족 정신을 실천했다.

돈만 많은 양아치와는 어찌 이리 다른가?

만약 신이 힘을 줘 그들을 심판하게 한다면, 어떻게 해야 할까?

나는 잠시 전능의 프레벨을 떠올려 보고 고개를 저었다.

프레벨만 있으면 지금의 1서클의 마법으로도 응징할 수 있다.

목을 따고 시체를 아공간에 집어넣어 알라스카에 버린다면 누가 알겠는가?

그러나 하늘이 눈을 감아 준다고 해도, 그래도 나의 양심이 알고 있으니 과격한 방법은 할 수 없다.

답답하더라도 기다리고 인내하며, 천천히, 느릴지라도 정도를 걸으면 어느새 정상에 올라가 있는 나의 모습을 발견하게 되지 않을까?

나는 정의를 그렇게 지키고 싶었다.

빌딩 10층까지, 엘리베이터를 타고 올라가는 방법과 걸어 올라가는 방법이 있다.

올라가는 방법이 무엇이든, 10층에 올라가기 위해서는 각각의 규칙이 있다.

엘리베이터라 하더라도 안에 들어가 가만히 있으면 안 된다.

몇 층을 갈 것인가를 반드시 눌러 줘야 하고, 걸어서 올라가는 사람은 천천히 차분하게 걸어 올라가야 한다.

엘리베이터를 타는 사람은 자신의 행동으로부터 '시간'을 얻고, 걸어 올라가는 사람은 '건강'을 얻는다.

인생은 공평하지는 않지만, 그렇다고 불공평하다 마냥 신을 비난할 바도 아니다.

정상으로 올라가는 방법에는 여러 가지가 있지만, 내가 아는 최고의 정상에는 엘리베이터가 없다.

거기는 오직 걸어 올라가야 한다.

그것을 히말라야의 빙벽 위에서 깨달았다.

세계 최고의 산인 에베레스트 산에는 엘리베이터가 가동되지 않는다.

세계 최고가 되기 위해선, 미안하지만 걸어 올라가야 한다.

원하는 높이가 10층이라면, 얼마든지 엘리베이터를 선택할 수 있다.

선택의 폭이 넓다.

하지만 정상을 올라가는 방법은 오직 하나다.

5장

어둠의 힘

요즘의 나는 정신이 없었다.

소설을 쓰기 위해 플롯을 짜고, 등장인물의 성격을 잡는다.

시대적 배경과 공간까지 잡고 나면, 긴 줄거리만이 남는다.

무엇을 쓰고 싶은지 가만히 생각해 보면, 고구마 줄기에 딸려 오듯 생각이 날아든다.

아직 시작도 못했지만, 플롯을 짜는 일은 신나고 즐거운 일이다.

머릿속에서 썼다가 지워지는 그 수많은 언어의 파편들.

그 파편을 파전 부치듯이 맛깔나게 부치는 재주가 필력이다. 나는 필력이라는 말 앞에 무릎을 꿇었다.

남들이 보고 웃을지라도, 그래도 시작을 하는 것이 중요하다.

필력을 키우기 위해 되지도 않는 시집들을 읽으며, 멋진 말들은 밑줄을 긋고 외우기도 했다.

그러는 와중에 종철이에게 전화가 왔다.

[형, 나 종철이. 그제 이야기한 그놈이 오늘 시간 된다는데 만나시겠어요?]

"나야 만사를 제치고 만나야지."

[그럼 12시쯤에 갈게요. 점심 쏘세요.]

"하하, 걱정하지 마."

[그럼 점심 때 봐요.]

아주 급한 일이라고 부탁을 하였더니, 빠른 시간에 약속을 잡은 모양이다.

나는 근처의 유명 한식집을 예약했다.

1급은 아니지만 괜찮았다.

우리는 커피숍에서 만난 뒤 점심을 먹으러 바로 이동했다.

남자의 이름은 사인호였다.

약간 큰 키에 통통한 체형으로, 잘생기진 않았지만 호감 가는 선한 이미지였다.

"그래서, 어떤 일이 벌어졌는지 알고 싶다고요?"

"그렇습니다. 이미 말씀드렸다시피 전체적인 윤곽은 그려지는데 확실하지 않아서요."

"이런 경우는 대부분 대기업이 일을 시작하지요. 돈을 먼저 던져 줍니다. 하하, 어떻게 인간이 그렇게 할 수 있느냐 하겠지만, 인간이니까 가능한 것입니다. 그냥 얼마 줄 터이니 이렇게 해달라고 합니다. 아마 고민을 많이 하고, 성공률도 높지 않을 겁니다. 이런 경우 대기업 쪽의 인물이 당사자에게 접근하여, 근사한 곳으로 데려갑니다. 뭐 그런 데 있잖습니까, 텐프로에 속한 여자가 술시중 드는 곳. 잠자리까지 같이 하면, 남자는 별수 없습니다. 이런 작업을 몇 번만 하면 남자들은 거의 다 넘어갑니다. 뼈가 녹고 살이 타는 밤을 보내고 나면, 제정신이 아니죠. 또 질이 나쁜 놈을 만나면 술에 약을 섞습니다. 마약 종류로. 그 상태에서 여자가 허리 한번 돌리면, 어떤 남자든 무릎을 꿇습니다. 그 로타 그룹이 일을 주도했으면, 그들이 개입했다는 증거를 잡을 수는 없을 겁니다. 작업한 부서가 다르기 때문입니다. 뭐, 지저분한 일에 관해서는 거의 프로들이니까요."

"흐음……."

나는 할 말을 잊었다. 듣고 보니 그럴듯했다.

여자에 약한 게 남자다.

인간이 어떻게 이런 짓을 할 수 있나 분노했지만, 그렇게 강력한 유혹을 당한 입장이면 그럴 수 있겠다는 생각도 들었다.

그렇게 몇 번 대접을 하고 돈도 집어주다 협박을 하면, 게임은 바로 끝날 것 같다.

"이번 경우는 알아보고 말고 할 것도 없습니다. 로타 그룹이 개입했다면 뻔합니다. 원래는 내부 공범을 한 명으로 일을 진행하는데, 이번엔 세 명 이상일 것 같습니다. 주물 공장의 특성상 주문이 들어오면 설계도와 맞는지 계속 검토를 해야 하니까요. 제가 알아는 보겠습니다."

"그렇게 해주시면 감사하겠습니다."

"형, 경찰에 고발하는 것은 어때?"

"글쎄 대기업이 개입했으면 쉽지 않을 거야. 검찰로 송치돼도 증거 불충분이 될 확률이 높고. 검찰이 무능하거나 뇌물을 받아먹어서가 아니고, 증거를 안 남기는 그들의 습성 때문이지. 공판을 하면 증거를 제시해야 하는데, 물증 없이 증언만으로 판사를 설득하기 쉽지 않아. 재벌과 권력자들은 끊임없이 법의 허점을 파고들어, 자신들이 절대 걸리지 않는 법을 연구하니까."

나는 대신 대답하는 사인호 씨의 말에 고개를 끄덕였다.

현주의 아버님에게 사실을 제대로 말하지 않은 이유도 여기에 있다.

아무도 모르게, 증거를 가능한 많이 얻기 위해서다.

이야기를 들어 보니 전문가들의 도움을 받는 것은 어려워 보였다.

이런 경우는 어둠의 힘이 필요하다. 법으로는 안 된다.

나는 그들과 헤어지고 나서 생각에 잠겼다.

우리나라에 반드시 징벌적 배상 제도가 존재해야, 힘 있는 자들의 만행이 조금이라도 줄어들 것이다.

걸려도 징벌이 약하니, 자꾸 불법을 저지른다.

기업들이 단합을 해 부당하게 가격을 올려 판 후에도, 번 금액의 극히 일부만 토해 내니 누가 무서워하겠는가?

                    *   *   *

다음 날 오후가 되자 사인호 씨에게 전화가 왔다.

가담자는 예상대로 김혜영 경리와 박영무 상무, 공장장 최만호였다.

하루 만에 가담자를 알아내다니, 달리 전문가가 아닌 모양이다.

증거를 찾는 게 아닌, 단순 가담자를 알아내는 것은 한 시간이면 된다는 그의 말에 속으로 웃었었는데, 빈말이 아니었나 보다.

'대단하군. 나름 정보 조직이 있나 보네. 도대체 뭐하는 사람이지?'

그냥 흥신소 하나 작게 한다고 소개했었는데, 제법 큰 뭔가가 있는 모양이다.

어투, 표정, 눈빛 모두가 자신만만한 것이, 국가기관에 근무하는 건 아닌가 하는 생각이 잠시 들었다.

있지 않은가, 안기부 같은.

나는 로타 그룹의 어디에서 작업을 했는지도 알아봐 달라고 했다.

그는 흔쾌히 그러겠다고 했다.

'도대체 정체가 뭐지? 안기부 직원이 아르바이트라도 하는 건가?'

게다가 이건 뭔가?

김혜영 경리와 박무영 상무는 그렇고 그런 사이였다.

김혜영은 이제 25살이고, 박무영은 그 배인 49살이다. 세상은 요지경이다.

나는 그날부터 김혜영을 미행했다. 동선 파악을 위한 미행이었다.

멀리서 따르다가 그녀가 차를 타면, 나도 차를 몰고 쫓았다.

김혜영은 백화점에서 쇼핑을 하고 여자 친구들을 만나 영화를 보았다.

둘째 날에는 남자 친구로 보이는 사람과 모텔을 들어갔다.

셋째 날에는 박무영 상무를 만나 그녀의 집에서 한창 떡을 쳤다.

둘이 같이 5층의 낮은 아파트로 들어가자, 나는 그녀의 배란다로 침투했다.

열락과 쾌락에 달뜬 신음을 내뱉는 남녀의 작업을 도촬했다.

가능한 둘의 얼굴이 잘 나오게 찍느라, 스파이 웹 마법으로 천장에서 찍었다.

이것들이 불도 끄지 않고 그 짓을 해대는 통에 그림이 잘 찍혔다.

내가 있는 밖의 어두움은 더욱 짙어져, 들킬 염려가 전혀 없었다. 하긴 그 짓 하는데 다른 게 눈에 들어오면 그게 더 이상하지.

두 남녀를 보면서 내가 왜 이 짓을 해야 하나 싶었다.

무슨 아카데미 시상식이라도 되는 듯, 연신 비명을 질러대는 그 연놈들에 역겨운 생각이 들었다.

인품이 고귀하고 아름다운 사람이 있고, 이렇게 삶이 걸레인 사람도 있겠지.

나는 그들의 신음을 들으며 상념에 잠겼다. 그러다 귀를 파고드는 소리에, 정신이 번쩍 들었다.

"이번에 정말 제게도 한 몫 떼어주셔야 해요."

"걱정하지 마. 그쪽에서 내일 돈을… 준다고 했어. 현금으로 준다고 했으니 사과 박스로… 몇 개는 줄 거야. 그런데 일도 아직 안 끝났는데 주는 것은 이상하네. 헉, 헉."

그는 말을 하면서도 연신 몸을 놀렸다.

한 판 걸게 하고 잠이 든 그들을 내려다보다, 나는 배란다의 문을 열고 안으로 들어왔다.

마법사에게 잠긴 문은 열린 문과도 같다. 1서클에 마법 언락이 있기 때문이다.

현대에서 생활할 때 필요한 자잘한 마법들은 다 1서클이었다.

심지어 파이어 볼과 같은 공격 마법도 그렇다.

마법의 속도만 빠르다면, 더 이상의 마법을 배울 필요가 없을 정도였다. 하지만 나는 계속 마법을 수련하기로 했다.

9서클의 마법사 자크 에반튼의 나이는 무려 1,231살이었다.

마법사라고 다 이렇게 오래 살지는 않는다.

깨달음을 얻은 대마법사들이, 그들 자신의 신체를 재구성하는 법을 알고 있기 때문에 가능한 것이다.

이는 7서클부터 가능한데, 나의 입장에서는 거의 불가능에 가까웠다.

사실 과학적으로 인간은 영생을 해야 하는 존재다.

세포가 분열하여 죽은 세포를 밀어내고, 새로운 세포가 다시 만들어지니 말이다.

그러나 노화가 시작되면서 이 세포 분열도 같이 노화를 겪게 된다.

인간의 기원에 대해 밝힌 성경의 창세기에도, 인간이 신을 배반하고 동산 중앙에 있는 생명나무의 과실을 따 먹을까 추방했다는 기록이 있다.

가장 오래 산 사람인 므두셀라는 무려 969년을 살았다. 그게 가능한지는 몰라도, 대마법사 자크 에반튼은 내가 직접 경험한 것이니 믿지 않을 방법이 없다.

K2의 크레바스에서 드래곤 하트의 조각을 먹지 않았다면, 나는 죽었을 것이다.

남들은 믿지 못한다고 해도, 나는 내가 직접 경험했으니 안 믿을 수가 없는 법이다.

나는 땀으로 반들거리는 여자의 몸과, 축 늘어진 남자를 지켜보며 슬립 마법을 펼쳤다.

그리고 여자의 방을 뒤지기 시작했다.

두 시간 만에, 조작된 회계 장부의 원본을 찾을 수 있었다.

'그럼 그렇지.'

돈 때문에 나이든 남자와 붙어먹는 여자가, 이런 것을 남겨두지 않았을 리 없다.

단 3일간의 미행이었지만, 이 여자가 어떤 여자인지 금방 파악했다.

실업계 고등학교를 졸업해 중소기업에 취직해서 무슨 낙이 있겠는가?

남들이 말하는 명품 옷과 백을 가지고 싶다는 욕망은, 이 나이 때의 여자들이라면 거의 공통으로 갖고 있다.

내 친누나도, 출산을 축하한다고 선물한 에르메스 버킨 백에 미친 듯이 좋아하지 않았던가?

집안이 변변하지 않았지만, 서울 변두리의 허름한 아파트에서 젊음을 보내고 싶지 않았겠지.

그렇다고 남자를 잘 만날 확률도 높지 않다.

몇몇 명문 실업계 고등학교를 제외하고는, 사람들의 인식이 그다지 좋지 않으니 말이다.

이 여자의 경우는 좀 놀았네 하는 말이 금방 나올, 이름 없는 실업계 고등학교 출신이었다.

행운이 찾아오기란 쉽지 않은 법이다. 이렇게 생기다만 여자라면 더욱 그러하다.

나는 집 안을 잘 정리하고 나왔다.

물론 티가 안 날 순 없겠지만 둘이 같이 있을 때만 모르면 된다.

나는 가면에 후드를 덮어쓴 상태로 현관문을 열고 나왔다.

두 블록 뒤 유료 주차장에 세워 놓은 차를 찾아 집으로 돌아왔다.

'소피의 세계' 라는 책이 있다.

야릇한 상상이 막 펼쳐지는 이 제목은 사실 소피아, 즉 지혜의 세계를 뜻한다.

저자 요슈타인 가아더는 철학과 문학을 교묘하게 엮어 엄청난 방향을 일으켰다.

시작은 이렇다.

어느 날 어린 소피 아문젠에게 엽서가 하나 배달된다.

거기에는.

너는 누구니?

다른 말은 없고, 인사말을 보낸 사람도 없다.

의문의 엽서를 보고 생각에 잠긴 소피는, 거울 속의 자신을 보고 묻는다.

'너는 누구니?'

인간은 자기 자신에게 계속 질문해야 한다.

너는 누구니, 라고.

그래야 스스로의 탐욕에서 벗어나 지혜를 얻을 수 있다.

소피가 그 엽서로 시작된 철학 여행을 통해 자신의 자아를 찾아가듯, 우리는 존재의 목적을 끊임없이 확인해야 한다.

그렇지 않으면 인간은 괴물이 된다. 바로 조금 전의 그 역겨운 남녀처럼 말이다.

개인은 선하고 정의로운 선택을 할 수 있다. 그러나 이런 개인이 모인 사회는 결코 정의로울 수 없다.

라인홀더 니버의 '도덕적 인간과 비도덕적 사회' 라는 책이 있다.

무엇보다 깊이 있게 인간의 본질을 분석하면서, 인간이 어떻게 부도덕한 선택을 하게 되는지 보여준다.

아이들은 세 명만 모여도 싸운다. 서로의 욕망이 다르기 때문이다.

나는 이것을 하고 싶은데 다른 아이는 저것을 하고 싶고, 또 한 아이는 자기 혼자 다 갖고 놀고 싶다.

사회란 이런 욕망이 충돌되는 곳이다. 그러기에 법이 존재한다.

법은 인간의 욕망이 충돌하지 않도록 조율한다.

그런데 권력자와 재벌은 이런 법을 피하고 이용하며 또 조롱한다.

세상이 어지러운 책임의 반은 이들에게 있다고 봐도 별로

틀리지 않다.

그 반은 우리 자신에게 있고 말이다.

나는 거리를 돌아다니는 수많은 도심의 불빛 속에, 탐욕스럽게 머리를 쳐들고 있는 독사의 머리를 바라보고 있다.

인간의 눈물과 절망, 그리고 피를 먹는 탐욕의 덩어리를 어떻게 하면 좋단 말인가?

나는 내 방으로 돌아와, 어둠이 짙어진 새벽에 프레벨을 소환해 착용했다. 그리고 거울을 보며 물었다.

'너는 누구니?'

프레벨을 착용한 젊은 내가 신이 의도한 나인가, 아니면 48살의 나이든 내가 나인가?

생각은 깊어지지만 거울에서는 어떤 대답도 들려오지 않는다.

커피숍 구석에 앉아 소설을 쓰려는 소박한 내가 나인가, 아니면 어둠을 틈타 남의 집을 기웃거리며 동영상을 촬영하는 내가 나인가?

알 수는 없지만, 사랑을 위해서라면 기꺼이 내가 만든 가면을 착용할 수 있다.

나는 프레벨을 해제하고, 음탕한 연놈들이 수작을 부린 그 집에서 훔쳐 온 회계 장부의 원본을 보며 술을 마셨다.

내일 아침에는 부디 따뜻한 태양이 떠올랐으면 좋겠다는

생각을 하며 눈을 감았다.

*　　　*　　　*

다음 날 소원대로 태양은 떴지만, 나는 변하지 않은 현실을 인지했다.

오늘은 박영무 상무가 로타 그룹의 사람과 만나는 날이라, 아침부터 마음의 준비를 단단히 했다.

어디서 만나는지 놓치지 않아야 했기에, 긴장을 하고 서해 주물의 길목에서 기다렸다.

낮이라 별 기대를 안 하고 있는데, 유유히 그가 탄 차가 지나간다.

'헐, 사과 상자를 대낮에 받으러 가다니.'

혹시나 하고 일찍부터 나와 있던 덕을 보고 있는 중이다.

뭐, 공개된 장소가 아닌 허름한 창고에서 주고받는다면 벌건 대낮에 만나도 이상할 것은 없다.

나는 그의 차를 따라 천천히 움직였다.

1시가 다 되어 종로의 한식점에 들린다.

이건 예상을 못했는데.

나도 그를 따라 들어가 한쪽 구석에 앉아 음식을 시켰다.

밀폐된 방에 들어가 로타 그룹과 만나고 있었기에, 가까이 접근할 수 없었다.

마나를 활성화하여 들으려고 노력하자, 소리가 들리기 시작했다.

"박 상무, 일이 너무 늦어진다고 위에서 질책이 심합니다. 빨리 끝내고 우리 함께 그 예쁜이들 만나러 가야 하지 않겠습니까, 허허허."

"그야… 그렇지만 사장님의 딸이 서현주 양입니다. 적지 않은 돈이 그 아이로부터 나왔습니다. 그 아이도 무한정 돈을 쏟아부을 수는 없을 터이니, 조금만 더 기다리시면 될…….

"어지간하면 애들 풀어서 손을 보겠는데, 워낙 유명한 아이라 그게 쉽지가 않습니다. 잘못 건들면 불통이 어디까지 튈지 모르기에. 박 상무님이 좀 더 힘을 써 주시기 바랍니다."

"그게 쉽지가 않습니다. 지금까지는 모든 일을 저에게 맡겨 놓고 있었지만, 요즘 들어서 형님이 직접 일을 챙기기 시작했습니다. 지금도 버티기 힘든 상황이니 어쩔 수 없지요."

"그러면 이렇게 합시다. 재고를 쌓는 고전적인 방식은 시간이 오래 걸리니, 박 상무가 회사의 이름으로 돈을 빌리는 겁니다. 문제는, 인감도장을 찍어야 하는데 어떻게 안 되겠소?"

"한번 해보겠습니다."

"그리고 이번에 사과 상자 3개를 넣었소. 물품 구입비로 처리했으니, 그렇게 알고 있으면 되겠소."

나는 그들의 대화를 들으며 혀를 찼다.

정말 감쪽같았다.

로타 그룹으로서는 계속 돈을 지불을 하고 있었는데, 박 상무가 중간에서 가로챈 것이다.

물론 둘 사이는 밀약이 되어 있으니, 서로 현금을 주고받는 것이겠고.

나는 비로소 사인호가 한 말이 생각났다.

그들은 전문가라서 증거를 남기지 않을 겁니다, 라는.

이 상태에서 걸려도, 판사가 무죄를 선고할 가능성이 거의 백 프로였다.

정황상 수상하기는 하지만, 증거가 없으면 정황은 그냥 정황일 뿐이다.

나는 그들이 하는 말을 계속 엿들었다.

그러나 녹음을 할 수는 없었다.

마나의 공능으로 엿듣고 있었기에, 녹음할 방법은 없었다.

방 입구에는 경호원들이 지키고 있어서, 근처에 접근할 수가 없었다.

나는 그들이 점심을 먹고 움직이는 동선을 따라 느리게 출발했다.

그들이 들어간 창고를 한참 지나 차를 세운 뒤, 다시 되돌아왔다.

나는 담을 넘어 안으로 들어갔다.

이미 사과 상자를 박 상무의 차에 옮겨 싣는 일이 끝난 듯, 헤어지는 분위기였다.

박 상무는 그냥 보내고, 로타 그룹의 움직임을 따라 쫓았다.

박 상무가 돈을 옮겨 봐야 어디로 옮기며, 써 봐야 또 얼마나 쓰겠는가?

그들은 다시 영등포로 돌아가, 10층짜리 빌딩 안으로 사라졌다.

평범하고 약간 낡아 보였지만 튼튼하게 지어진 건물이었다.

나는 그 건물의 위치와 주소를 사인호에게 알려주며, 그에 대해 알아봐 달라고 했다.

그는 2시간이 지나자 바로 연락을 해줬다.

[영등포 날치파라고 하는 조폭의 아지트입니다. 건물 전체를 조직이 운영합니다. 3층까지는 일반인들에게 임대해 주고, 뭐 그 일반인들도 조폭과 관련된 사람들이지만서도요. 4층부터 사용하는데, 제일 위층이 두목의 사무실이고 그 아래층은 부두목과 간부들이 사용합니다. 나머지는 어떻게 사용되는지 파악이 안 됩니다.]

"아, 네. 감사합니다."

[좋은 결과 있기를 바랍니다.]

아무리 봐도 그는 특별한 재능을 가졌거나, 정부 조직에 근무하는 사람이라 생각됐다.

나의 신분이 노출될 확률이 있으니, 더욱 조심해야 할 필요가 있었다.

나는 다시 차를 몰아 집으로 되돌아왔다.

오늘은 폴란드와 월드컵 첫 경기가 있는 날이었다.

6월 4일 오후 8시 30분. 부산 아시아드 주경기장에서 치러진 경기에서, 한국은 2 : 0으로 이겼다.

전반전에서 우리 대표 팀은 상당히 밀렸었다.

하지만 페널티 라인 근처에서 이을용의 센터링을 황선홍이 논스톱 슛으로 때리자, 골키퍼 예지 두덱도 꼼짝 못하고 당하고 말았다.

이후에 몸이 가벼워진 대표 팀과, 동점을 만들려는 폴란드의 접전이 이어졌다.

약간 부상이 있는 것으로 보였던 황선홍을 후반에 안정환으로 바꾸고, 7분에 유상철이 다시 골을 넣었다.

조용한 우리 집도 월드컵 열기에 휩싸였다.

아버지가 이렇게 축구를 좋아하셨는지 예전엔 미처 몰랐다.

소소한 것에 의미를 부여하는 버릇이 생겼는지, 다시 보는 모든 것이 새로웠다.

나는 부끄러웠다.

전생의 아들 민우가 나를 위해 죽으면서 한 말.

아버지의 아들로 태어나 행복했다는 그 말을, 나도 아버지에게 해야겠다.

그런데 그 쑥스러운 말을 어떻게 해야 하나?

현주를 보고 즉석에서 외제차를 사주려고 했던 그 마음은, 나에 대한 아버지의 애정 표현이었을 것이다.

나를 위해 죽은 아들 민우처럼, 아버지를 위해 대신 죽을 수 있을까 생각하니 얼굴이 화끈거리고 부끄러워졌다.

'아버지, 아들 노릇 이제는 제대로 하겠습니다. 오래오래 건강하게 사세요. 제 아들의 아들도 보고요. 행복하게요.'

* * *

온 거리가 축제처럼 기쁨으로 들뜬 날, 나는 차를 몰아 박무영 상무의 집으로 갔다.

아파트 17층, 나는 그의 집 현관 앞에 섰다.

그는 기러기 아빠라고 한다.

자식 잘되기를 바라 유학을 보내고, 자신은 회사를 말아먹고 있다.

그렇게 만든 부정하고 더러운 돈으로 아들의 교육비를 대고 있는 것이다.

전자 장금 장치라, 나는 라이트닝 애로우를 만들어 문 사이로 집어넣었다.

파드득.

전자 장치가 부서지고, 나는 언락으로 문을 열고 들어갔다.

박 상무는 이미 술을 먹고 뻗어 있었다.

이 남자는 우리나라가 폴란드에 2 : 0으로 이긴 것을 알고 있을까?

방 안에 놓여 있는 사과 상자 3개를 보았다. 그중의 하나는 열려져 돈이 흩어져 있었다.

'뭐, 이렇게 주신다면 감사하게 받아야지.'

나는 아공간에서 사과 상자를 꺼내, 가짜 돈과 바꿔치기를 하기 시작했다.

가짜 돈은 충무로에 가서 종이 2연—전지 500장이 1연이다—을 사며, 영화에 쓸 소품을 만든다고 동일하게 잘라 달라고고 한 것이었다.

남자가 만 원짜리 하나를 꺼내 자로 재고는, 재단기에 붙어 있는 계산기를 두들겼다.

종이는 1분도 안 되어 다 잘렸다. 그걸 그대로 가져왔던 것이다.

'고맙다. 정말 잘 쓸게.'

나는 그의 방을 뒤져 증거물들을 찾기 시작했다.

결론부터 말하자면, 증거는 찾지 못했다.

페이퍼 컴퍼니에서 받은 주문과 비리들이 담긴 것은 아마
도 회사에 있다는 뜻이었다.

'조금 방심했나?'

나는 정신을 못 차리고 자는 남자의 추한 얼굴을 보다 아파
트를 나왔다.

가면과 후드로 얼굴을 가리고 비상계단으로 내려왔으니,
어떤 증거도 남지 않았을 것이다.

게다가 바꿔치기한 돈은 아공간 마르트라 오셀로에 있다.

만약 CCTV에 찍혔어도, 사과 상자를 들고 나가는 장면이
없으니 완전 범죄였다.

나는 이렇게 어둠에 물들어가고 있었다.

사랑하는 여자를 위해서는 어쩔 수가 없었다.

*　　　*　　　*

커피숍은 제대로 엉망이었다.

거꾸로 경영이 시작되자마자, 직원들은 이것을 하자 저것

을 하자 말이 많았다.

결국 아무것도 하지 못하는 상황에서, 직원들은 마음만 분주했다.

나는 햇볕이 잘 드는 창가에 앉아 '17세기 명시' 라는 책을 읽었다.

무지 재미가 없었다. 번역을 잘못했는지 아니면 이 시기에 쓰인 시인들이 고루해서인지 모르지만, 결국 책을 덮고 말았다.

하긴 이상화의 시 '지금은 남의 땅—빼앗긴 들에도 봄은 오는가' 라는 시어가 독일어로는 '도둑맞은 땅에 봄은 오는가' 로 번역된다니 뭐.

번역본을 보면서 누구를 욕할 처지는 아니었다.

영문으로 쓰인 원본을 본다고 달라질 정도로, 내가 영어의 섬세한 표현을 아는 것도 아니다.

나는 이상화의 시에서 이 구절이 좋다.

고맙게 잘 자란 보리밭아,
긴 밤 자정이 넘어 내리던 고운 비로
너는 삼단 같은 머리를 감았구나, 내 머리조차 가뿐하다.

삼단 같은 머리라는 표현이 얼마나 시적인가?

밑줄 치고 외우는 구절이다.

사실 삼의 열매는 대마다.

삼은 삼베옷을 만들 때 원료가 되고. 삼단을 묶어 세워 놓으면, 여자의 머릿결이 연상될 정도로 풍성하고 길다.

나는 아메리카노를 마시다가, 이제는 한약을 한번 먹어 볼까 하는 생각을 해보았다.

내가 손짓을 하자 가장 먼저 본 민정 씨가 뛰어왔다.

늦게 발견한 보영 씨는 뒤에서 '쳇!' 하고 아쉽다는 표정을 지었다.

"에스프레소 한 잔 주세요."

"네?"

"한번 먹어 볼까 하고서요."

"네."

그녀는 금방 뛰어가, 자기가 내린 에스프레소를 작은 잔에 담아 왔다.

한 모금 마신 내가 인상을 쓰자, 민정 씨가 푸웃, 하고 웃는다.

햇볕에 조는 닭처럼 그 따사로움을 즐기는데, 현주가 뛰어와 나를 끌어내더니 차에 태운다.

나는 놀라 그녀에게 무슨 일이 있냐고 거듭 물어보지만, 그녀는 한사코 말없이 운전을 한다.

'여기에?'

우리가 항상 사랑을 나눌 때면 찾아왔던 그녀의 아틀리에다. 문을 열고 들어가자마자 나를 껴안고 뺨을 비빈다.

"왜, 무슨 일이 있었어?"

"아니, 아니. 그냥 갑자기 너무 보고 싶어졌어. 저번에 함께 가자고 한 스파도 못 갔잖아."

나는 그제야 안도의 한숨을 내쉬었다.

혹시나 그놈들이 현주를 건드렸을까 봐 걱정을 조금 했었다.

나는 안도하며 웃었다.

살며시 현주를 안고 이마에 입을 맞추었다.

이 작은 행동만으로도 따뜻하고 여유로운 기분으로 되었다.

함께 있다는 것이 주는 위안에 입가에 미소가 고였다.

"우리 결혼하면 후회 안 할까요?"

그녀를 보며 나는 고개를 끄덕였다.

"인간은 어떻게 살아도 후회를 하게 되어 있어. 우리의 선택에 책임을 졌다면, 그것으로 됐어. 영원한 것도, 완전한 것도 없으니까."

"히잉, 이럴 때 오빠는 할아버지같이 말해."

"몰랐어? 난 할아버지였는데, 무공의 고수가 돼서 탈태환

골을 한 거야."

"그런 게 어디 있어?"

'여기 있다. 바로 네 눈앞에. 어쨌든 나는 진실에 가장 가깝게 말해 주었어. 농담 같이 말했지만.'

나는 현주의 늘씬한 몸을 손으로 어루만지며, 내가 조각가라면 이렇게 예쁘게 만들 수 있을까 생각했다.

별로 자신이 없었다.

물론 약간 가슴이 작다는 약점 아닌 약점이 있었지만, 그것은 그녀의 몸매에 비해 그렇다는 것이었다. 평균적인 여자보다는 오히려 컸다.

하지만 몸매만 놓고 본다면 역시 이미주 씨가 조금 나은 듯했다.

그녀의 벗은 몸은 보지 못했지만, 옷을 입었을 때 느껴지는 태가 좀 더 나았다.

그러니 STL의 모든 남자가 그녀의 몸매를 보고 침을 질질 흘리지 않았겠는가?

"오빠! 또 다른 생각하지? 음흉한 미소를 짓는 것을 보니, 다른 여자 생각한 게 틀림없어. 이렇게 예쁘고 몸매도 가슴은… 응… 빼고 다 좋은데, 이럴 수가 있는 거야?"

"가슴도 예뻐. 아주 예뻐. 비너스의 가슴보다 예쁘고, 에덴 동산의 탐스런 그 사과보다 더 예뻐."

"정말?"

눈이 반달로 변했다. 웃는 모습이 아버지를 닮은 현주는, 웃을 때 매우 귀엽게 변한다.

"그럼, 그러니 내가 너의 몸매를 감상하려고 이렇게 노력하는 거 아냐."

"흥, 오빠가 변태 끼가 있어서 그런 거면서."

나는 뜨끔했지만, 여기서 인정하면 정말 변태가 되어버린다.

"변태는 정상이 아닌 상태를 말하는데, 아름다운 애인의 몸을 보는 것이 정상이 아니라는 건 좀 심하지 않아? 그 뜻이 아니면 본래의 형질이 변하여 다른 상태가 되는 건데, 내가 물이라도 된다는 거야?"

나의 말에 현주가 빤히 쳐다본다.

"오빠, 그러니까 진짜 변태 같아요. 난 그냥 한 말인데."

'내가 말로 너를 이기려고 한 것이 잘못이지. 그래, 졌다.'

나는 고개를 돌리고 창밖을 보았다. 따뜻했던 햇살이 조금씩 기울고 있었다.

"오빠, 나 메이커 백 사는 거 어때?"

"뭐, 사고 싶으면 사는 거지. 훔쳐서 사는 것도 아닐 텐데 뭐가 문제야?"

"그래도 팬들이 명품 백을 들고 다니면 뭐라고 그런단 말야."

"나도 누나에게 에르메스 버킨 백 사 줬는데 뭐."

"뭐어? 그런데 왜 난 안 사 줘?"

"그럼 너도 애를 하나 낳아. 조카 은혜를 낳은 축하 선물이니까."

"아, 빨리 낳아야겠다. 우리 한 번 더 해요."

"싫어. 백을 위해 하는 섹스는 내키지 않아."

"흥. 그런데 나 정말 가지고 싶은 백이 있는데, 좀 비싸."

"혹시 경매로 낙찰된 뭐, 그 2억 3천 5백만 원짜리 다이아몬드가 박힌 그 백을 말하는 것은 아니지?"

"오빠는 미쳤어. 백 하나에 무슨 집값을 지불해서 들고 다녀."

정색을 하는 그녀를 보며 나는 미소를 지었다.

톱스타이지만, 생각하는 것은 지극히 평범한 대학생이다.

"만약 들고 다니다 문제가 생기면, 이렇게 이야기해. 여러분이 저를 사랑해 주셔서 제가 예쁜 백을 살 수 있게 되었어요, 고맙습니다. 위화감을 가지셨다면 죄송하고, 백에 해당하는 금액만큼 기부를 할게요. 저 이 백 정말 메고 싶어요, 라고. 그럼 별말 안 할 거야. 물론 기부는 이참에 겸사겸사하면 좋은 거고."

"아, 좋은 방법이다. 역시 오빠는 머리가 좋아."

'그래야지. 자기 돈으로 샤넬 백을 사든, 구찌 가방을 사든

뭐가 문제 되겠는가? 샤넬 백을 메고는 짝퉁이라고 거짓말을 하는 여자가 오히려 문제지.'

세금 내고 산 명품이라면, 당당하게 메고 다닐 수 있는 자유기 있다.

대한민국 국민이라면 누구에게나 허락된 권리다.

점심을 같이 먹고 그녀를 집에 바래다준 뒤, 나는 늦은 오후에 용산으로 차를 몰았다.

용산 전자 마트에서 몰래 카메라를 하나 사고, 다음 날 왕십리의 서해 주물로 가 아버님을 뵙고 설치했다.

나올 때 박 상무를 봤는데, 얼굴이 초췌한 것을 보니 틀림없이 돈이 없어져 당황하고 있었다.

아마 조폭들이 털거나, 정보를 흘려 도둑이 든 것으로 생각하겠지.

당황이 절망으로 바뀌는 시간은 얼마 남지 않았다.

따뜻한 공기가 절실하게 그리워질 때도 오리라 생각하니, 그 초췌한 얼굴이 아주 조금은 불쌍해 보였다.

이제 영등포 날치파를 털어서 자료를 수집해야 했다.

'나올지 모르겠군. 이놈들이야 단순한 배달만 했을 것 같은데.'

이런 생각을 하며 나오는데, 뒤에서 오빠 안녕, 하는 소리가 들렸다.

돌아보니, 나미가 있었다. 진미의 빵 친구 말이다.

"응, 나미구나."

나는 그녀의 앞에서 전처럼 한 바퀴를 돌았다.

"풉!"

"어딜 가니?"

"아, 저 오디션 보러 가요."

"오디션?"

"네, 가수 되려면 요즘에는 어릴 때부터 해야 된대요. 그래서 기획사에 가 테스트를 하려고요."

"아아, 그렇구나. 그거 해야 가수가 되는 거야?"

"꼭 그런 거는 아니지만, 오디션 보면 좋은 점이 많아요, 트레이닝도 회사에서 시켜주니까요."

"어머니는?"

"참 촌스럽게. 그냥 혼자 가는 거지. 떨어질지도 모르는데 쪽팔리게 어떻게 말하고 가요?"

"그런가? 노래 잘해?"

"그럼요. 끝장나게 잘해요."

"허."

"쳇, 난 사실을 말하는데 믿지를 않네. 입에 파리나 들어가라."

"그래, 그럼 한번 해 봐!'

"빵 사주면 할게요."

"오케이, 콜."

"길거리 빵은 안 되고, 메이커야 돼요."

"오케이. 불러나 봐."

"아아. 아라알알 아아아아."

목을 푸는 것 같은데, 이상하게 푸는 아이다.

꼬맹이가 갑자기 노래를 부르는데, 난 전율을 했다.

안드레아 보첼리와 사라브라이트만과 듀엣으로 부른 'Time To Say Goodbye' 를 부르는 것이 아닌가?

그것도 이탈리어로.

Quando sono solo Sogno all' orizzonte

Emancan le parole Si lo so che non c' e luce In una stanza quando manca il sole

Mio sole tu sei qui con me con me con me

Con me

Time to say goodbye.

어이가 벙벙이다. 이렇게 노래를 잘할 줄이야.

한 시대를 풍미했던 가수 나미의 조카니까 당연히 좀 할 거라 예상했지만, 이건 차원이 다르다.

'이 애 납치하자.'

나는 노래를 듣자마자, 정신없이 꼬맹이의 손을 잡고 끌고 커피숍으로 와 버렸다.

나도 정신이 없었지만 꼬맹이도 좀 어이가 없나 보다.

"뭐야, 스파이더맨 아저씨가 이렇게 예쁜 나를 납치를 하려고 하다니."

"계약하자."

"네?"

"내가 매니저 해줄게."

"네? 푸헤헤헤헤헤. 오빠도 나에게 반했구나."

"그래, 반했다."

그때 방문이 열리며 '오빠, 짠!' 하고 현주가 나타났다.

"어, 이 아인 누구예요?"

"응, 미래의 가수지."

나미는 현주를 보고는 눈만 끔벅끔벅했다.

"와, 언니. 저기 사인 좀."

꼬맹이가 옷을 올리고 배를 가리키며 사인을 해달란다.

'이건 또 뭔 상황이냐?'

나는 정신이 없었다.

"언니의 손길을 제 몸에 간직하고 싶어요. 평생 씻지도 않을 거야."

"에이, 더럽게."

내가 더럽다고 하자, 두 여자가 나를 보더니 동시에 '흥' 한다.

현주 하나만으로도 벅찬데, 이거 괜한 짓을 하는 게 아닌가 싶었다.

그러나 이렇게 매력적인 목소리를 가진 아이를 어떻게 놓친단 말인가?

물론 내가 매니저를 한다는 말은 아니지만, 굳이 이런 대어를 멀리 보낼 필요가 있나 싶어서 데리고 온 것이다.

"그러니까, 이 스파이더맨 아저씨가 언니 애인이라고요?"

"응? 그런데 스파이더맨은 뭐니?"

나는 현주에게 귓속말로 나중에 가르쳐 준다고 했다.

꼬맹이가 내 얼굴을 한참 보더니 말한다.

"그럼 이열 님?"

'그건 뭐야?'

갑자기 꼬맹이의 말투가 진지하게 바뀌었다.

"그 멋진 고백의 주인공이 오빠라니, 존경스러워요!"

"아니… 이러면 곤란해."

꼬맹이는 친근하게 굴며 팔에 매달렸다.

눈에서 하트가 뿜어져 나오는 게 심상치 않다.

벽이나 잘 타는 별 볼일 없는 스파이더맨에서, 갑자기 백마 탄 왕자님으로 변해 버린 것이다.

"좋아요. 계약해요. 오빠라면 나도 좋아요."

"그래? 좋아… 넌 나하고 계약하는 거다."

"네."

장난으로 말했는데 의외로 진지하게 나오는 나미를 보니, 정말 다른 기획사에 넘겨주기가 아까웠다.

"나미야. 언니도 왔으니, 아까 부른 것 말고 우리 가요 한 번 불러 볼래?"

"네."

나미는 이번에도 그 요상한 발성을 하고는 노래를 부르기 시작했다.

부활의 'Never ending story' 였다.

그리워하면 언젠간 만나게 되는

어느 영화와 같은 일들이 이루어져 가기를
힘겨워한 날에 너를 지킬 수 없었던
아름다운 시절 속에 머문 그대이기에

놀라움의 연속이었다.

여자아이가 남자 키 저음을 깨끗하게 소화할 뿐만 아니라, 미성의 고음은 천사의 목소리가 따로 없었다.

현주도 나미의 노래에 완전 반했는지, 매우 놀란 표정을 지었다.

사실 나는 전문가가 아니어서, 발성이나 음정 등을 정확하게 볼 수는 없다.

그러나 귀에 착착 감기는 것이, 매우 매혹적인 목소리였다.

가수가 되기 위해서 더 다듬어야 할 부분이 있을지는 몰라도, 노래를 듣는 사람들이 모두 전문가는 아니다.

이 정도로만 불러도 굉장히 상품성이 있을 것이라 생각했다.

'왜 이렇게 뛰어난 아이가 가수가 못 되었지?'

나는 의아하였다.

전생의 기억에 나미라는 가수는 없었다.

생긴 것도 귀엽고 노래도 잘해 삼촌 팬을 몰고 다녔을 것 같은데, 기억 속에는 이 아이가 없었다. 이상했다.

나는 나미와 이런저런 이야기를 했다.

2층에 연예 기획사가 있다고 알려주며, 원하면 소개를 시켜 주겠다고 했다.

현주도 소속된 기획사라는 말에 혹하는 모양이었다.

나는 민정 씨가 갓 구운 쿠키와 핫초코를 나미에게 주었다.

"쳇, 내가 앤가?"

나미는 중얼거리면서도 바구니 안에 든 쿠키와 핫초코를 마신다.

김승우 대표와 만나 나미 이야기를 했더니, 금방 곤란한 표정을 지었다.

아직 회사를 차린 지 얼마 안 돼, 연습생을 키울 형편이 안 된다는 것이었다.

그렇다고 이렇게 재능이 있는 아이를 쉽게 포기하기는 너무 아쉬웠다.

이런 재능이 꽃을 피우지 못했다면, 그에 상응하는 비하인드 스토리가 있었다는 뜻이다.

부모님의 반대라면 몰라도, 그 외적인 문제라면 더 생각해 볼 필요도 없이 기획사의 횡포 때문일 것이다.

노래는 영혼의 언어다.

영화나 드라마보다 청중을 더 빠르게 감동시킬 수 있고, 감성을 지배할 수도 있다.

이런 천상의 언어를 사용할 줄 아는 아이의 노래는, 능히 수만 명의 지친 영혼과 감성을 치유할 수 있을지도 모른다.

"한번 보기나 하세."

그의 말에 나는 일단 나미를 선보였다.

그 역시 나미의 재능을 아까워하는 표정이 역력했다.

"이렇게 해보게. 자네가 여유가 있으면 이 아이를 키우게. 아이의 실력이 되면, 매니지먼트는 우리가 해주겠네. 자네가 연예계 쪽의 아는 인물이 없어도, 아이의 데뷔는 가능할 것이네."

"한번 고려해 보겠습니다. 가자, 미래의 국민 가수."

"국민 가수? 히힛."

나는 나미에게 다른 곳의 오디션을 보지 말라 약속받은 뒤, 집으로 돌려보냈다.

미성년자이기에 부모를 만나 의견을 조율해 보고, 계약을 할 것 같으면 그때 하면 된다.

일단 급한 것은 아니었다.

빨리 서해 주물의 일을 마무리해야 했다.

이 일은 법적인 문제가 개입되어 있으니, 자료만 모으면 바로 검찰에 고발하고 소송도 같이 진행시킬 생각이었다.

*   *   *

나는 밤이 되기를 기다렸다.

영등포 날치파의 아지트에 '대해 상사'라는 간판이 걸린 것이 보였다.

6시 정도에 들어가 3층 화장실에 숨어 있다가, 7시에 비상 계단을 통해 옥상으로 올라갔다.

그곳 구석에 편하게 누워 있다가, 12시가 넘어가자 나는 옥상에서 내려왔다.

10층 두목의 방에 침투해 들어갔지만, 다행히 아무도 없었다.

이곳저곳을 뒤져 봐도 원하는 물건이 나오지 않았다. 없구나, 하고 돌아서는데 옆구리에 뭔가 날카로운 것이 들어와 박힌다.

순간 엄청난 고통과 함께 힘이 쭉 빠져, 서 있기가 힘들어졌다.

불이 켜졌다. 방을 뒤지는 데 집중하느라 경계를 소홀히 했었다.

방심이 부른 대가는 너무나 컸다.

"쥐새끼가 감히 여기가 어디라고 기어 들어와? 네놈이 박 상무의 돈을 훔쳐간 놈이겠지."

나의 허리에 칼을 먹인 남자가 웃으며 말했다. 검은 니트를 입은 남자가, 칼에 흐르는 피를 혀로 핥으며 나를 노려보았다.

아차 싶었다.

'박 상무가 이놈들에게 항의를 했구나.'

아무런 준비도 하지 않고 들어온 스스로의 경솔한 행동이 후회되었지만, 지금은 그게 문제가 아니었다.

50여 평이 넘는 방에 20여 명의 조폭이 빼곡히 서서, 나를 포위하고 있었다.

허리에서는 피가 끊임없이 흘러내렸다. 그 모습을 보며, 조폭들은 여유 있게 포위망을 좁혀 왔다. 조금은 다행스러운 일이었다.

마나를 돌려 기력을 회복하려고 노력하였지만, 이미 흘린 피가 너무 많았다.

나는 흐려지는 정신을 부여잡으며, 라이트 마법을 펼쳤다.

순간적으로 조폭들의 눈을 차단할 수 있는 가장 효과적인 방법이었다.

지금 상태로 공격 마법은 힘들었다.

번쩍.

엄청난 섬광이 50평의 방 안에 가득 들어찼다.

놀란 조폭들은 손으로 눈을 가리거나 감았다.

나는 아공간에서 다크나이트 세이퍼를 꺼내, 근처에 있던 조폭의 허벅지를 찔렀다.

"크악."

비명이 퍼지자 조폭들은 억지로 눈을 떠, 무슨 일이 벌어지고 있는지 보려 했다.

나는 단검을 휘둘러, 문 앞을 막고 있는 조폭들을 쓰러뜨리고 옥상으로 간신히 도망쳤다.

"잡아라."

"막아. 저 새끼가 튀잖아. 막으란 말이다."

"쫓아, 새끼들아."

조폭들이 급히 뒤를 따라왔으나, 간발의 차이로 먼저 옥상에 도착해 문을 잠글 수 있었다.

정말 초인적인 노력의 결과였다. 2~3분 이내에 문이 열릴 것이라 생각하고, 나는 아공간에서 포션을 꺼내 마셨다.

그러자 흐르던 피가 멈췄지만, 그동안 흘린 양이 너무 많아 싸우기는 도저히 무리였다.

게다가 난 전문적인 싸움꾼도 아니다. 마법에 의존하는 아마추어일 뿐이다.

나는 프레벨을 소환하여 착용한 뒤, 밧줄을 난간에 묶어 빠르게 내려왔다.

히말라야를 가려고 준비했던 등산 장비들이 그대로 아공간에 들어 있었기에, 유용하게 사용할 수 있었다.

휘청.

바닥에 내리자마자 쓰러질 것 같았지만, 프레벨의 도움으로 간신히 놈들의 시야에서 도망쳤다.

도망치는 도중에도 포션은 계속 마셨다.

"저놈이 줄을 타고 도망갔다."

"씨발, 빨리 튀어가란 말이다."

옥상에서 들리는 조폭들의 목소리에, 그제야 나직하게 한숨을 쉬었다.

"휴."

다행이었다.

포션이 아니었다면 꼼짝 못하고 옥상에서 잡혔을 것이다.

생각보다 칼이 깊이 들어와 박혔고, 놈은 찌른 상태에서 칼을 한 번 더 비틀었다.

나는 사람들이 볼 수 없는 어둠에 숨어들어 치료를 하였다.

포션의 놀라운 성능에 의해, 상처는 금방 치료되었다.

병원에 가지 않아도 괜찮은 나는, 근처의 모텔로 들어가 투숙하였다.

방 안에 들어온 뒤, 가면을 벗고 쓰러지듯 침대에 누웠다.

정말 위험했다.

그나마 칼에 맞은 상처가 너무 깊었기에 조폭들이 방심했다.

옥상 외에 탈출할 방도는 없었다. 옥상이 놈들의 발을 붙잡아준 덕분에 살 수 있었다.

밧줄을 타는 나의 능력과 프레벨의 권능이 아니었으면 제대로 대응도 못하고 출혈 과다로 바로 사망했을 정도로 상처가 깊었었다.

나는 피곤에 지쳐 잠시 잠을 잤다. 그리고 새벽에 눈을 떴다.

정신을 차리고 보니 몸이 개운했다.

이상하게 피가 뜨거웠다. 가만히 있어도 후끈거리고, 몸이 불끈거렸다. 거울을 보자 눈이 핏빛처럼 붉었다.

'아, 광포한 레드 드래곤의 습성이 나타나는구나.'

나는 붉어진 눈을 보며, 주체할 수 없는 분노와 살기에 몸을 떨었다.

복수, 복수, 복수 외엔 아무 생각도 나지 않았다.

어둠 속에서 음습하고도 섬뜩했던 칼의 느낌이 기억나자, 나 자신이 주체 못 할 정도로 분노가 커져 버렸다.

나는 주섬주섬 일어나 모텔 밖으로 나왔다.

가면을 쓰고 프레벨을 소환한 뒤, 곧장 건물 안으로 쳐들어갔다.

4층부터 차분하게 뒤지면서, 조폭들을 남김없이 처리했다.

발목의 인대를 끊고, 반항이 심한 놈은 아예 손과 발을 못

쓰게 만들어 버렸다.

내가 잘못 생각했었다.

이놈들은 쓰레기다. 상대를 안 한다면 몰라도, 쓰레기를 상대할 때는 그만의 방법이 있다.

나는 결국 8층에서 나를 찌른 놈을 만나 그를 제압했다.

20여 명이었던 조폭 중 일부는 돌아갔는지, 12명밖에 남아 있지 않았다.

전능의 프레벨. 마도시대의 전신(戰神)이자, 마법사의 궁극의 무기, 프레벨.

나는 다시 한 번 프레벨이 얼마나 가공한 병기인지 깨달았다.

프레벨을 해제하고 나면, 그들의 눈과 귀를 모두 칼로 자를 생각이었다.

나를 본 자는 죽는다.

죽지 않으면 볼 수 없게 해야 한다. 공포가 이들의 뇌를 잠식하게 해야 한다.

나는 나를 찌른 자를 처참하게 짓이겼다.

놈은 나를 붙잡으려고도, 왜 무슨 이유로 침투했는지도 묻지 않았다.

그냥 죽이려고 했던 놈이다.

칼로 찌른 다음, 배 속에서 한 번 칼을 비튼 놈이다.

죽이겠다는, 살인을 하겠다는 확고한 의지의 표현이었다.

'그렇다면 나도 봐줄 수가 없지. 너희 날치파는 오늘부터 없다.'

나는 나를 본 그들의 눈이 다시는 빛을 보지 못하게 한 뒤, 집으로 돌아왔다.

돌아오고 나서야 스스로가 무슨 짓을 벌였는지 깨닫고, 한없는 눈물을 흘렸다.

나는 병들었다.

마치 신 내림을 받기 전 무당처럼 아팠다.

몸도 아팠지만, 마음이 더 아팠다.

사람은 죽지 않아 죄책감은 심하지 않았으나, 다른 사람의 운명을 비튼 것에는 많은 책임 의식을 느꼈다.

나는 악이 무엇인가에 대한 고민을 하기 시작했다.

현주는 학교도 가지 않고 내 옆에서 간호를 해주었다.

창백하고 불안한 나의 눈빛에, 그녀는 안타까워하며 걱정했다.

그런 그녀를 보며, 조금씩 위로와 안정을 찾아가기 시작했다.

'아, 나를 아끼는 사람이 여기에 있구나,'

절망감이 조금씩 수그러들고, 그토록 괴롭히던 죄책감도 사라졌다.

마치 피가 흐르지 않던 몸에 따뜻한 피가 흐르는 느낌이다.

나를 이렇게 아껴 주고 사랑해 주는 이 여자를 위해, 용감해져야겠다고 다짐했다.

나는 말없이 그녀를 껴안고 창밖을 바라보았다.

밖에는 따스한 햇빛과 맑은 공기가 공중을 부유하고 있었다.

'그래, 악이 무엇이든, 어둠은 빛이 오면 물러나게 되어 있어. 내가 지배하는 공간에 어둠, 악이 들어오지 못하게 하면된다.'

나는 나직이 안도의 한숨을 쉬며, 사랑하는 사람의 이마에 키스를 하였다.

*　　*　　*

내가 정신을 차린 것은, 서해 주물이 부도가 났다는 말을 듣고 나서였다.

어떻게 회사가 부도가 날 수 있지?

어쨌든 현주와 함께 왕십리로 갔다. 회사는 이미 풍비박산나 있었다.

나는 주위를 둘러보았다.

박 상무는 겉으로 괴로운 표정을 지었으나, 입가에 보일 듯

말 듯한 미소가 잠시 어렸다.

'안 봐도 알겠군. 네놈의 수작이라면, 넌 바로 나의 함정에 걸린 것이다.'

"어떻게 된 것입니까?"

"아, 자네, 그리고 너는 여기 웬……."

"아빠. 이게 어떻게 된 일이에요?"

아버지의 품에 안겨 우는 현주를 보자 마음이 답답했다.

일단 이게 어떻게 된 일인지 정확히 파악해야 한다.

그전에 들었던 그 이야기라면, 희망은 아직 남아 있다.

"내가 망산 금융으로 10억을 빌렸다고 하는구나."

"10억요?"

"그래, 난 절대로 빌린 일이 없는데, 서류에 진짜 내 사인과 인감도장까지 있더구나."

"망산 금융이면, 로타 그룹의 자회사 아닙니까?"

"그, 그런가?"

그제야 뭔가 감을 잡은 아버님은, 의혹의 표정으로 박무영를 바라보았다.

"자네 뭔가 아는 일이 없나?"

"없습니다."

그는 고개를 푹 숙이며 대답했다. 나는 그런 그를 보며 회심의 미소를 지었다.

"뭐, 잘 해결될 것입니다. 걱정하지 마십시오."

"고맙네."

"일단 자리에 앉아서 쉬시죠. 며칠 내로 차압이 들어올 것입니다. 그전에 조치를 취해야 합니다."

"알겠네. 하지만 뭐가 어떻게 된 일인지 알아야, 조치를 취할 것 아닌가?"

"아버님이 하지 않으셨다면, 문제는 없습니다."

나의 단호한 말에, 아버님은 약간 안심이 되는 모양이었다.

여전히 인상을 쓰는 척 입가의 미소를 살짝 짓고 있는 박무영을 보자, 나는 가소롭다는 생각이 들었다.

재무제표가 가짜라는 것을 알고도 아무런 조치를 취하지 않았을 거라는 생각은 오산이다.

더욱이 박무영을 미행하며 마나의 공능으로, 이런 일이 일어날 것을 미리 알지 않았는가?

사실 사인이 가짜라고 해도 도장이 진짜라면, 위임장을 받았다는 핑계를 댔을 때 할 말이 없어진다.

그래서 몰래 카메라를 설치한 날, 인감도장을 바꿔치기 했다.

가족들 간 할 말이 있다고 하면서 직원들에게 자리를 비켜달라고 했다.

어차피 이곳에 있어 봐야 달라지는 것은 없기에, 사람들은 사장실을 나갔다.

　나는 직원들이 다 나간 것을 확인하고 말을 했다.

　"아버님, 저번에 재무제표 확인을 STL의 친구에게 부탁하였습니다. 그 친구 말로는 자료가 모두 가짜라더군요. 그래서 몰래 카메라를 여기에 설치하였습니다. 누군가 도장을 훔쳤으면, 그자가 반드시 나올 것입니다."

　"오, 정말인가?"

　아버님은 안도의 한숨을 내쉬었다.

　실낱같은 희망을 본 것이다. 아버님은 나의 손을 꽉 잡으며 다시 말했다.

　"그럼 이제 어떻게 하면 되겠는가?"

　"로타 그룹이 개입되어 있는데, 그들이 개입되었다는 증거는 사실 잡기 어렵습니다. 그나마 망산 금융이 로타 그룹의 자회사이니, 이제 어느 정도 연결점을 잡았다고 할 수는 있습니다. 하지만 로타 그룹이 그랬다고 말해서는 안 됩니다. 망상 금융은 로타 그룹과 완전히 분리 운영되고 있으니까요. 이 일에 가담한 자는 박무영 상무이사와 김혜영 경리, 그리고 최만호 공장장입니다."

　나의 말에 아버님의 얼굴이 참혹하게 구겨졌다. 아마 짐작은 했었던 듯, 허탈한 표정을 지으셨다.

　"그 친구가 결국 그랬군."

아무리 인간성이 좋고 사람을 잘 믿어도, 회사가 오랜 기간 동안 제대로 안 돌아간다면 누구나 의심할 수밖에 없다.

게다가 그토록 자금 사정이 좋던 회사가, 단기간 만에 악성 채무에 시달린다면 말이다.

나는 그동안 로타 그룹 측이 박 상무와 짜고 한 거짓 거래를 이야기하려다, 나의 범법 행위가 생각나 입을 닫았다.

박 상무의 집에 찾아가 중간에서 돈을 가로챈 이가 나라고 드러나면, 영등포 날치파 조폭들의 눈을 실명케 한 사람도 나임이 드러나기에 절대 말할 수 없었다.

변호사를 선임하고, 세 사람의 재산에 대한 가처분 신청도 같이 내었다.

재판이 진행되는 동안, 재산을 처분하여 다른 곳으로 빼돌리지 못하게 하기 위해서였다.

이런 일을 꾸민 자들의 말로가 어떤지, 보여 줄 필요가 있었다.

경찰 조사와 함께 망산 금융에 형사 소송을 제기하였다.

경찰 조사가 끝나고 그 결과가 검찰로 이첩되었다.

나는 그동안 입수한 정보를 의도적으로 인터넷 매체에 흘렸고, 일부 인터넷 언론들이 관심을 가지기 시작했다.

검찰에 불려간 나는 망산 금융이 허위 서류를 작성했다고 주장했다.

"그렇게 주장하는 근거가 무엇입니까?"

나는 몰래 카메라로 촬영한 영상을 검찰에 제출했다.

"보시는 봐야 같이, 박무영 이사가 인감도장을 훔쳐 서류를 작성했습니다. 망산 금융이 이를 몰랐다고 보기는 어렵습니다. 위임장을 위조했다 하더라도, 서해 주물은 이미 제2금융권으로부터도 대출이 안 된지 좀 됩니다. 10억이나 되는 대출을 무슨 명목으로 해준다는 말입니까? 인감도장이 가짜인데도 말입니다. 그 은행은 인감도 확인 안 해보고 대출해 준답디까?"

"아니, 그게 무슨 소리죠?"

"저는 전에 STL 기획 조정실에 있었습니다. 제가 하는 일 중의 하나가 재무제표를 검토하여, 거래 회사의 건전성을 보증하는 것이었습니다. 물론 전문가가 분석해 준 자료를 토대로, 회사의 기준에 맞는가를 판단하는 일이었죠. 제 위에 한 분이 크로스 체킹을 하십니다. 서해 주물의 재무제표가 이상해 STL의 회계 팀 한 분에게 분석을 요청했습니다. 그 재무제표는 완전한 가짜라는 사실을 전해 들었습니다. 현금의 유동성이 급작스럽게 나빠졌는데, 무엇 때문에 나빠졌는지 모호했습니다. 대기업이 중소기업을 집어삼킬 때 주로 쓰는 방법이 있습니다. 가짜 주문을 내서 물건을 만들게 하고, 대금 지불을 미루거나 돈을 일부만 준 뒤 나머지는 주문 취소를 하는 겁니다. 구두로 주문한 물건들은 어디다 하소연할 수도 없으니, 그때부터 그 회사 제품들은 눈물의 땡처리가 됩니다. 여기서 한 번 더 흔들면 기업은 바로 무너지죠. 현주 씨가 12억을 투자하고 그 후에 다시 3억을 투자하고 나서도 자금의 흐름이 나빠진 것은, 고의성이 없으면 그렇게 되기 힘듭니다. 중소기업에게 15억은 큰돈이니까요. 그래서 아버님 모르게 CCTV를 설치하고, 만약을 위해서 인감도장도 바꿔치기 한 것입니다."

"음, 절도를 하신 거네요."

검사가 웃으며 말했다.

"뭐, 그렇죠. 그게 중요한 겁니까?"

"그럴 리가요. 저라도 그 상황이라면 그렇게 했을 겁니다. 이 경우는 신고도 없고 피해액 산출도 불가하므로, 죄가 있다 보기 어렵죠. 그냥 그렇다는 겁니다."

"다른 증거가 있나요?"

"없습니다."

나는 박무영과 김혜영의 대화, 그리고 떡치는 장면이 들어가 있는 영상을 검찰에 제보하였다.

검찰도 자료를 받아 조사한 뒤 수사 방향을 튼 것이 확연히 느껴졌다.

최근에 언론에서 이 사건을 자주 언급하니, 검찰로서도 부담을 느끼지 않을 수 없었다.

로타 그룹에 대한 일이 연일 인터넷을 뜨겁게 달구었다.

내가 뿌린 자료들이 본격적으로 퍼지자, 자신도 그렇게 당했다는 동조자들이 나오기 시작했다.

일이 걷잡을 수 없게 커지면서, 일부에서는 로타 그룹의 친일 의혹도 제기되었다.

우리 측의 발 빠른 대응에, 로타 그룹은 뒤통수를 맞은 것처럼 제대로 대응하지 못했다.

특히 마지막에 무리하며 추진한 망산 금융 대출건은 치명적이었다.

가짜 인감도장으로 대출을 해줬으니, 빼도 박도 못하게 된 것이다.

게다가 검찰의 수사가 바로 시작될 것이라고는 전혀 생각하지 못했으리라.

우리가 소송을 할 것이라고는 더욱 예상하지 못했겠지.

시간이 지나면서 서해 주물 주변의 공장에도 비슷한 사례가 있음이 드러났다.

사회적인 문제로 번질 조짐마저 보였다.

대기업이 땅 투기를 하려고 부정한 방법을 동원했으니, 여론이 가만히 있을 리 없었다.

*　　*　　*

나는 조폭에게 칼침을 맞고, 마법사가 만능이 아님을 깨달았다.

전능의 프레벨은 안타깝게도 지속 시간이 한 시간 채 안 되었다.

나의 마나가 터무니없게 작기 때문이었다. 사실 그동안은 마법을 배워 어디다 사용할지도 몰랐었다.

내가 마법사가 된 것은, 내 몸에서 돌고 있는 마나를 통제하기 위해서도 있었고, 신기한 프레벨을 착용해 보기 위해서라는 이유도 있었다.

전능의 프레벨을 착용하면 슈퍼맨이 되지 않을까 생각했었는데, 하늘을 나는 것을 제외하고는 정말 슈퍼맨 같았다.

'가공한 마도 병기니, 자크 에반튼이 드래곤을 사냥할 수 있었겠지.'

하지만 당장 마법을 수련한다 해도 서클이 오르기는 요원한 일이다.

방법이 하나 있는데, 드래곤 하트를 다시 복용하는 것이었다.

그런데 여기에 또 문제가 있다.

드래곤 하트는 무슨 사과 같은 것이 아니다.

마법으로 정제해야 먹을 수 있다.

내가 K2에서 복용한 것은 당연히 자크 에반튼이 정제한 것이었다.

물론 1서클 마법사인 나도 정제는 할 수 있으나, 수많은 마법 지식이 필요하다. 그러니 지금 당장은 어려웠다.

일단 호신술을 익히고, 포션을 좀 더 빠르게 복용할 수 있는 방법을 연구해 보는 수밖에 없었다.

마나가 거의 없는 지구에서 마나 수련을 하는 것은 불가능한 일. 드래곤 하트를 정제하는 수밖에 없었다.

드래곤의 광기가 몸 안에서 깨어난 후, 나는 성격이 조금 변했다. 깊은 이해를 가지고 인간을 대하려던 기질이, 무미건조해지기 시작한 것이다.

나는 필사적으로 싸웠고, 아팠다.

마치 신 내림을 거부한 사람처럼, 한동안 후유증에 시달려야 했다.

드래곤의 영향에서 벗어나기 위해서는 고(高)서클의 마법사가 되는 수밖에 없다. 그전까지는 그 녀석과 내 안에서 투쟁을 해야 하고, 계속 고통을 받아야 한다.

아무리 정제된 드래곤 하트라 해도, 고차원의 생물인 드래곤의 마나는 인간이 흡수하기 쉽지 않다.

큰 힘을 가지고 인간성을 잃지 않는 것은 그래서 어렵다.

개미가 어느 날 갑자기 사자의 힘을 가지게 되면, 원래 가지고 있던 습성을 잃어버린다.

어쩌면 당연한 일이다.

몸은 인간의 형태를 여전히 유지하면서, 정신은 드래곤처럼 되는 삭막해질 것이다.

그런데 순수하게 마법을 연구하는 장소로는 지구가 좋았다.

지구의 발달한 과학이 마법사의 실험을 더욱 쉽게 해주니 말이다.

문제는 적당한 실험실을 찾아 실험을 하는 것인데, 그게 쉽지가 않았다.

이곳은 마나가 거의 없다시피 하니까 말이다.

*　　　*　　　*

오늘은 정말 오랜만에 현주와 명동을 같이 걸었다.

그녀를 바라보는 사람들의 시선이 신경 쓰였으나 무시했다.

다행히 오늘은 광주 월드컵 경기장에서 스페인과 8강전이 벌어지는 날이라, 사람들이 연예인을 봐도 무덤덤한 편이었다.

그동안 나는 아파서 월드컵 경기를 시청하지 못했었다.

외상은 포션으로 완벽하게 나았지만, 정신적인 충격의 여진이 계속 괴롭히고 있었던 것이다.

그래도 서해 주물의 사건이 터져, 억지로라도 힘을 내야 했었다.

지금은 이렇게 밖으로 돌아다닐 수 있게 되었다.

왜 아팠는가 하면, 물론 내가 정신적으로 약했기 때문이다.

사실 48년을 살아오면서 회귀하기 전까지, 단 한 번 맞아본 적도 때린 적도 없었다. 물론 친구들과 장난으로 치고받은 제외다.

그런데 최근에 계속 사람들을—비록 그들이 쓰레기라 하더라도—장님으로 만들고, 심지어 잘 걷지도 못하게 만들어 놓았다.

정신적으로 받은 충격이 상당했다.

거기에 드래곤의 어두운 마나까지 나를 순간적이나마 사로잡았었다.

현주는 사람들이 보든 말든 내 눈치만 살폈다.

옆에 착 붙어서 걱정하는 눈으로 나를 보는 그녀의 모습에, 좀 더 강해져야겠다는 생각을 했다.

"오빠, 우리 광화문 갈까?"

"자리가 있을까?"

"일단 가 봐요."

"그럼 일단 준비를 좀 하고 가자. 자리를 잡으면 옮기기 힘드니 말이야."

"응, 오빠."

근처 편의점에 들려 물과 음료수를 사고, 분식집에서 김밥도 샀다.

화장실을 다녀온 뒤 광화문에 가자, 사람들이 너무 많았다.

"와, 너무 많아요."

"그럼, 8강전인데."

대형 화면이 잘 보이는 자리는 얻을 수 없어, 조금 많이 떨어진 곳에 앉았다.

"어, 서현주 씨 아니세요?"

남자 하나가 인사를 하며 묻는다.

"어머, 알아보시네요. 서현주입니다."

"영광입니다. 사인 좀⋯⋯."

"저도 시민의 한 사람으로 응원 왔을 뿐이에요."

"아, 네."

현주는 생글거리며 사인을 거절했다. 대신 넉넉하게 사 온 음료수를 나눠주었다.

"아, 단단히 준비해 오셨군요. 여기 치킨도 배달됩니다. 물론 물과 음료수도 다 팔고요."

"정말요?"

"네."

주위에서 모두 그렇다고 고개를 끄덕인다.

"오빠, 괜히 사온 거 아니에요?"

"그러게."

"아, 혹시 이분이 그 유명한 이열 님이세요?"

붉은 악마 티셔츠를 입은 남자가 말하자, 사람들이 일제히 나를 바라보았다.

나는 겸연쩍어 공연히 머리를 긁었다.

"맞아요. 제가 무진장 쫓아다녀서 이제 사귀어요."

"와, 현주 씨 축하드려요."

"와우, 부럽다."

"고마워요."

우리는 의외로 호의적인 관중들과 함께 경기를 관람했다.

스페인은 우승을 바라보는 초호화 군단이었다.

라울, 사비, 모리엔테스, 이에로, 호아킨, 그리고 GK 카시야스가 있었다.

전반전은 우리 대표 팀의 몸이 전체적으로 무거웠다.

16강에서 이탈리아와 연장전까지 혈투를 벌였기 때문에, 체력적으로 문제가 있는 상태였다.

경기가 시작되자 응원도 시작되었다.

화면 하나에 모두 울고 웃는 묘한 카타르시스를 느꼈다.

결과를 알고 있는데도 응원하는 사람들의 열기에 영향을 받았는지, 선수들의 몸놀림 하나에도 심장이 쿵쾅거리며 뛰었다.

전, 후반 질풍 같은 경기가 끝나고 연장전마저 득점 없이 0 : 0으로 마쳤다.

득점은 없었지만 정말 재미있었다.

경기는 승부차기로 넘어갔다. 우리 대표 팀이 먼저 차게 되었는데, 홍선홍의 공은 카시야스의 손에 막혔다가 그대로 골 안으로 빨려 들어갔다.

카시야스가 몸을 날린 방향은 제대로 잡았는데, 한 템포 늦었던 것이다.

환호성이 터졌다.

현주가 내 입에 뽀뽀를 해댔다.

"와, 황선홍! 황선홍!"

그다음 이에로 성공, 박지성은 카시야스가 그대로 서서 바라보고 말 정도로 절묘하게 성공, 설기현도 성공, 안정환은 대담하게 가운데로 차서 성공, 만약 골키퍼가 몸을 날리지 않았다면 실패했을 정도로 심리적인 킥이었다.

다음으로 스페인 호아킨의 킥을 이운재가 막았다.

"와!"

"만세!"

"이운재, 이운재!"

호아킨의 킥을 막은 이운재의 모습이 화면에 비쳤고, 다음으로 홍명보가 나왔다.

홍명보가 골을 가볍게 성공하자, 광화문이 난리가 났다.

사람들은 서로 얼싸안으며 기뻐했다. 나 역시 너무 기뻤다. 스크린에는 우리 선수의 기뻐하는 모습과 히딩크가 계속 나왔다.

히딩크가 관중에게 손 키스를 하며 축구공을 차, 응원에 감사 인사를 했다.

호아킨의 망연자실한 모습이 비춰지며 희비가 교차되다가, 미소를 지으며 좋아하는 김대중 대통령의 모습이 나왔다.

우리는 경기가 끝나도 광화문을 떠나지 못하고 그곳에서 여전히 기뻐했다.

승리만큼 기쁜 일이 어디 있는가?

그것이 나의 승리가 아닌 우리의 승리여도 이렇게 기쁜데. 우리는 그렇게 30여 분을 더 머물다, 쓰레기를 수거하고 떠났다.

온 거리가 흥분의 도가니로 변했다.

차들이 클랙슨을 누르고 사람들은 거리로, 거리로 쏟아졌다.

심장이 터질 것 같은 흥분이 끝난 뒤, 우리는 손잡고 걸었다.

"재미있었다, 그치?"

"어. 재미있었어."

"아, 오빠하고 같이 봐서 더 재미있었던 것 같아."

"나도."

우리는 손을 꼭 잡고 거리를 누볐다.

저녁을 먹기 위해 거리를 헤매었지만, 사람들로 가득해서 쉽게 빈자리를 찾을 수 없었다.

'오늘 하루 맥주 공짜' 라는 술집 안내문을 본 나는, 급히 커피숍에 전화해 오늘은 커피 값을 받지 말라고 했다.

안내문도 붙이라고 했다.

그랬더니 이미 그렇게 하고 있단다. 거꾸로 경영의 효과가 이런 데서 나타난다,

뭐, 기쁨을 많은 사람들과 나누면 더 행복하지 않은가?

이제 정말 커피숍은 내가 신경을 안 써도 될 것 같았다. 지금도 거의 안 쓰고 있기는 하다.

"그냥 우리, 작업실로 가요."

"그럴까?"

사람이 너무 많이 몰린 전철도 탈 수 없었다.

조금 걸어 복잡한 곳을 벗어난 뒤, 차들이 소통되는 것을

보고 택시를 탔다.

택시를 타자마자 기사님이 '대~한민국'을 외치신다. 우리는 자동으로 '짝짝짜자작' 손바닥을 쳤다.

"와, 어서 오세요. 정말 우리 대표 팀 대단하지 않아요?"

"너무너무 멋졌습니다."

"어디로 모실까요?"

"서초동으로 가주세요."

"어, 서현주 씨 같은데요."

"맞아요. 서현주예요."

"와우, 그럼 옆의 분은 그때 그 시상식에서 고백하신 분?"

"네에."

"아이쿠, 영광입니다."

기사님은 오히려 현주가 아닌 나에게 악수를 청한다. 그리고 한다는 말이,

"이열 님은 우리 모든 남자의 로망입니다."

"네에?"

"아니, 대한민국에서 제일 잘나가고 예쁜 여배우가, 공식 석상에서 고백하며 사귀어 달라는 게 보통 일은 아니죠. 엄청나게 부럽습니다."

"아, 네. 사실 현주가 수더분해서, 생각보다 눈이 안 높습니다."

"부디 결혼에 골인하시기를 바랍니다. 그럼 진짜 노팅힐이 우리나라에서 이루어지는 것 아니겠습니까?"

"일반인과 결혼한 유명 연예인은 이미 많아요."

"아, 그런가요? 하하하. 어쨌든 잘되시기를 바랍니다."

"감사합니다."

우리는 손을 더욱 꼭 잡았다.

"아참, 직장은 구하셨습니까? 기자들 때문에 그만두셨다는 소문이 있던데요."

"기자들 때문에 그만둔 것은 아니고요. 마침 장사를 하면 어떨까 생각하던 차라, 겸사겸사 그만둔 것이었어요."

"그래도 그 좋은 직장을 그만두시다니, 용기가 부럽습니다."

"아, 네."

현주가 내 어깨에 머리를 기대어 왔다.

"기사님, 걱정하지 마세요. 혹시 백수가 되도 제가 먹여 살릴 거예요."

"하하하하. 그런 말을 제가 들었다면 정말 놀 겁니다."

"그럼 저도 그럴까요?"

그렇게 말하며 현주의 눈치를 살폈지만, 별로 표정의 변화가 없다.

"그냥 먹고 살면 되지, 뭐 별거 있나요?"

"그래, 네 말이 맞다."

결혼이 뭐 별건가? 마음 맞는 사람들이 모여 사는 것이지. 아이가 태어나면 커 가는 재미에 살다가, 정신 차리면 나이 들어 있겠지.

그러다 신이 부르면 우리의 인생 필름이 끊기는 거겠지.

살아 있는 동안 서로 아끼고 보듬어주면 된다는 생각이 들었다.

어깨를 통해 들려오는 현주의 평화로운 호흡 소리에, 나는 행복해졌다.

길이 막혀 택시가 느리게 움직여도, 오늘은 다들 여유로운 모습, 웃는 모습이었다. 평상시 이렇게 기쁘게 살면 얼마나 좋을까?

택시에서 내렸을 때는 이미 저녁 시간이 지난 후였다.

동네의 분식집에서 간단히 김밥과 간식거리를 사는데, 현주가 술도 사 가자고 한다. 그래서 술과 안주까지 사 그녀의 집에 들어왔다.

김밥과 떡볶이를 먹으며 맥주를 마셨다. 시원한 맥주가 목구멍으로 넘어갔다.

알싸하면서도 탁한 맛이 시원함을 더해 주었다. 우리는 맥주를 마시며 즐겁게 이야기를 나눴다.

'그러고 보니 아직 한 번도 안 싸웠군. 이거 징조가 안 좋

은데.'

애인은 적당히 싸워야 서로의 좋아하는 점, 싫어하는 점을 알게 되고 서로 인내와 배려를 배운다.

우리는 둘 다 성격이 그만그만해서 싸우는 것을 좋아하지 않고 독하지도 않아, 그냥 넘어가는 일이 많았다.

나는 나를 한없이 좋아해 주는 현주를 보며, 나이가 들어도 이렇게 살려면 서로 더 많이 노력해야 한다고 생각했다.

나는 나이가 조금 들었으니, 그것이 얼마나 중요한지 안다.

서로에 대한 배려가, 신뢰와 존경 그리고 우정을 키우는 영양제라는 것을.

우리는 서로 안고 침대에 누웠다.

창밖에 반짝이는 별빛 같은 네온사인을 보며, 이 밤의 의미를 되새겼다.

이 여자와 함께 늙고 싶다는 느낌이 들 정도로, 나는 현주가 좋았다.

오늘은 굳이 섹스를 하지 않아도 기분 좋은 날이다.

우리나라 축구 대표 팀이 무적함대 스페인을 침몰시킨 날이니.

대한~ 민국이다.

* * *

다음 날 커피숍으로 출근하니, 나미가 기다리고 있었다.

어제가 토요일이었으니 오늘은 완전히 꼬맹이들의 노는 날이었다.

"완소 미남 오빠, 안녕!"

"헐."

나는 나미의 말에 깜짝 놀랐다.

완소 미남은 아이돌에게나 쓸 말이지 나에게 할 말은 아니다.

물론 얼굴은 좀 젊어 보이지만, 나이로 보면 꼬맹이에게 들을 만한 소리는 아니었다.

나미 옆에 있던 원조 꼬맹이 소연이, 그리고 베티가 꼬리를 흔들며 나를 반긴다.

"오빠!"

내 손을 잡는 소연이를 보며 넌 또 왜 그러니, 하고 싶었는데, 맑은 눈을 보자 차마 말이 안 나왔다.

"나 엄마하고 놀면 안 돼?"

"나한테 묻지 마라. 내가 사장이긴 하지만, 대장은 소연이네 엄마이니까. 엄마하고 이야기를 해 봐."

"엄마는 일해야 한다고 하셔요."

울 듯한 표정을 보며 나는 에휴, 하고 한숨을 내쉬었다.

알아서 적당히 쉬라 해도, 악착 같이 일을 하겠단다. 일을 한다는데 욕을 할 수도 없고.

"어디 가고 싶은 데가 있니?"

"응. 나 엄마랑 놀이공원 가고 싶어."

"그래. 네가 오늘은 왕이다. 들으셨어요, 매니저님?"

"네… 죄송해요."

옆에서 작업을 하던 전지나 매니저가 얼굴을 붉히며 대답했다.

"가정이 제일 중요해요. 매일 커피 냄새 마시며 있는 소연이 보기도 안쓰러우니, 오늘은 이만 퇴근하세요. 사장의 명령입니다."

"네……."

"와아, 오빠 너무 좋아요."

신나하는 소연이를 바라보며 나는 미소를 지었다.

금방 퇴근하는 전나미 매니저는, 직원들에게 미안해하며 옷을 갈아입고 나왔다.

나란히 길을 걸어가는 모습을 보며 마음이 따뜻해졌다. 그 모습을 보고 부러워하는 직원들에게 나는 말했다.

"부러우신 분은 아이 하나 만들어서 데려오면 생각해 볼게요."

나의 말에 모두 '말도 안 돼!' 하며 웃었다.

'전지나 매니저님이 가게를 열고 닫고 하니, 쉬는 날을 가지지 못했군. 전의 직장보다야 대우나 근무 환경은 좋지만, 사랑하는 가족과 보내는 시간을 빼앗으면 곤란할 것 같고.'

다른 직원들은 일주일에 한 번 돌아가면서 쉬는데, 미처 그 생각을 못했다.

얼마나 엄마하고 같이 시간을 가지고 싶었으면, 꼬맹이 소연이가 그런 말을 했을까?

악덕 사장이 괜히 되는 게 아니었다.

조금 더 가게가 잘되면 부매니저를 두어, 전지나 매니저님을 편하게 해 드려야 할 것 같았다.

민정 씨가 구운 맛있는 쿠키를 무료로 제공하면서 매출이 급신장했다.

커피 매니아인 내가 봐도 커피는 비싸다.

물론 하루에 한 잔 마신다면 그다지 부담되는 금액은 아니지만, 나는 거의 두세 잔은 마시는 편이다.

커피를 좋아하는 사람들은 반드시 하루 한 잔 이상을 마시니, 부담이 가는 액수인 것은 맞다.

가격이야 매출과 연동되어 함부로 내리기 힘들고 또 카페 모네의 요금 정책을 따라야 하니, 이렇게라도 하는 수밖에 없다.

나는 나를 빤히 쳐다보는 나미를 바라보며 말했다.

"너는 커피 마시러 오지는 않았을 거고, 아침부터 무슨 일이야?"

"그게… 나 완소 미남 오빠랑 계약할 거잖아. 그럼 계약금도 받는 거야?"

"왜, 돈이 필요하니?"

"돈이야 항상 필요하지. 돈이 얼마나 좋은데."

"흠, 네 나이가 몇이냐?"

"왜 숙녀 나이를 묻고 그래요?"

새침하게 노려보는 나미에게 무슨 소리를 하랴?

"미성년자하고는 계약을 못 하게 되어 있단다. 하면 네 부모님들하고 해야지."

"어, 그런 거야?"

"그런 것도 안 알아보고 왔니?"

"쳇, 좋다 말았네."

"말 나온 김에 네 부모님을 만나 보자."

"와, 그럼 정말 계약할 거예요?"

"응, 부모님이 허락해 주신다면 해야지."

"그럼 엄마 아빠 이리로 오라고 할게요."

"그래라."

나는 매장의 전화를 이용해 부모님과 통화를 하는 나미를 뒤로하고 집필실로 들어갔다.

오랜만에 책상에 앉아 보니 새삼 기분이 이상했다.

오늘도 역시 민정 씨가 아메리카노를 가져다주며 수줍은 미소를 짓는다.

"아프셨다면서요?"

"네, 저도 사람이니까요, 당연히 아파야죠."

"네?"

"그런 게 있어요."

"네에."

나는 커피를 마시며 그 진한 향을 음미했다.

사실 커피는 써서, 그 뒷맛을 느끼지 않으면 먹기 거북하다.

좋은 커피는 마치 입안을 맑은 물로 헹궈 주는 느낌을 받는다.

나중에는 이런 느낌보다는 그냥 카페인에 중독되어서 먹고.

프림을 넣지 않은 커피는 건강에 좋으니, 걱정할 바는 아니다.

노화나 암 예방 효과를 얻을 수 있다고 알려진 반면, 소변으로 미량의 칼슘을 배출하게도 한다.

노인들에게 권할 바는 아니다.

하지만 그것도 사람마다 다르고 무슨 인삼이나 산삼도 아니니, 몸에 그다지 나쁘지 않다는 것만 알면 된다.

나는 한없이 싱그러운 아침 햇살에 삶의 충만함을 느꼈다.

삶은 살아가는 자에게는 축복의 연속이다. 아니, 그렇게 만들어야 한다.

7장 다른 이름

오후에는 나미의 부모님이 방문하셨다.

"어서 오십시오. 김이열이라고 합니다."

"반갑습니다. 김남철이라고 합니다."

"갑자기 연락을 받으셔서 놀라지는 않으셨습니까?"

"조금 놀랐습니다. 저 녀석이 막내라 오냐오냐하고 키웠더니, 이제는 제멋대로입니다. 저 모르게 오디션을 보러 다니는 것을 저놈 이모가 알려줘 알고는 있었는데, 모른 체를 했었지요. 그러다 말겠거니 했더니……."

나이가 좀 들어 보이는 김남철 씨는 자신의 뜻과는 반대로 움직이는 딸을, 그래도 사랑이 가득한 눈으로 본다.

그 모습에, 나미가 '히힛' 하고 혀를 내밀며 웃는다.

"제가 먼저 말씀을 드려야겠군요. 사실 나미는 제가 알던 진미의 친구라 이전부터 알고 있던 아이입니다. 마침 우연찮게 만나서 이야기하다가, 오디션을 보러 간다고 하기에 뭐 얼마나 노래를 잘하나 싶어 시켜 봤습니다. 그렇게 노래를 들어보고는 반해서, 무작정 이곳으로 데리고 왔습니다."

"아, 네. 그러시군요."

김남철 씨가 고개를 끄덕였다.

"하하. 아시다시피 제 여자 친구는 연예인이고, 좋지 못한 일로 합병된 HMT 엔터테인먼트와 소송을 했습니다. HMT에 현주와 같이 소송을 한 연예인들이 김승우 이사를 중심으로 연예 기획사를 차렸습니다. 이 건물 2층이고 나미의 집과도 가까워, 소개를 시켜주려고요. 그 회사는 제가 현주를 만날 때 자유롭게 만나게 해줬고, 오히려 도와주기까지 할 정도로 연예인들의 사생활을 보호하려 했으니까요. 이런 회사라면 나미를 맡겨도 건강하게 자라지 않을까 하는 생각이 들더군요. 회사 이름은 SN 엔터테인먼트사입니다만, 만들어진 지가 얼마 안 돼 연습생을 받을 여력이 없다고 하면서 저보고 키워보라 하시더군요. 나미의 재능이 아깝다면서 말입니다. 뭐, 전 이쪽 계통에서 일한 것도 아니고 평상시 생각해 본 바도 별로 없었지만, 제 친구가 연예인이다 보니 관심을 안 가질 수가 없더군요. 한 번 들어 본 나미의 노래에는 사람의 영혼을 울리는 감동이 있었고, 그 노래를 듣고 나니 자연 탐이 나더군요. 이 아름다운 노래를 많은 사람이 들으면, 얼마나 행복할까 하고요."

일반인이 연예계 쪽에 아는 바가 없어 조심하는 것은 당연하다.

나미의 부모 역시 그러했다. 나는 확신을 가지고 말을 이어나갔다.

"저는 사실 매니지먼트에 관심도 없고 또 할 생각도 없습니다. 다만 그쪽 세계가 쉽지 않은 것을 알기에, 나미가 깨끗하고 맑게 자랄 수 있으면 얼마나 좋을까 생각했습니다. 가수 나미 씨의 조카라고 알고 있기에 이쪽 계통의 생리를 모르시는 것도 아닐 터이고, 편하신 대로 하시면 됩니다."

"흠, 그럼 나미 때문에 기획사를 새로 차리신다는 말씀이신가요?"

"등록은 하겠지만, 좋은 기획사가 생기면 관리를 해달라고 해야겠지요. 나미가 데뷔만 하면 SN 엔터테인먼트에서 관리를 해주기로 약속되어 있지만, 부모님의 의견이 다르면 다르게 할 수도 있습니다. 나미 선배님이 아시는 기획사를 이용하셔도 되고요. 전 뭐가 되었던 좋습니다."

"만약 계약을 하게 되면 어떻게 되는 것인가요?"

나미의 아버지가 이야기를 통해 관심을 갖자, 나는 평상시 생각한 바를 말했다.

"저는 일단 뭐 돈을 벌려고 하는 것은 아닙니다. 하다 보면 벌기야 하겠지만요. 그래서 어떤 계약을 하실지 아버님이 선택하시면, 저는 거기에 따르겠습니다. 현주의 경우는 계약금을 받지 않고 있습니다. 그래서 저와 만날 수 있었고, 원하지 않은 스케줄은 거절할 수 있었습니다. 물론 현주의 경우는 그 당시 계약을 하자고 달려든 곳이 20군데나 있었기에 그렇게 유리한 계약을 할 수 있었다더군요. 계약금을 많이 받으면, 회사는 그것을 회수하려고 해당 연예인을 막 굴리게 됩니다. 나미는 아직 성장기에 있으니 좀 프리하게 했으면 하지만, 정식 계약을 원하시면 그렇게 할 수도 있습니다."

나는 영혼을 사로잡는 노래를 하는 어린 소녀의 앞길이 정말 잘되기를 바라는 마음으로 이야기를 했다.

진심은 통한다고 했나?

나미의 부모님들은 나와 계약하기를 원하셔서, 결국 그렇게 하기로 했다. 우리는 저녁까지 이에 대한 이야기를 나눴다.

계약서는 업계 표준에 준하는 것으로 하고, 연습생 시절과 데뷔 후 5년간 매니지먼트를 내가 하기로 했다.

양쪽 중 한쪽에서 계약 파기를 원하면 3개월 전에 미리 통보하기로 하고, 투자비를 정산하기로 했다.

그래서 나는 계획에도 없는 연예 기획사를 하게 되었다.

이야기는 거창했지만 사실 나미가 어리고 나도 경험이 없기에, 대형 기획사처럼 할 수는 없었다.

일단 좋은 선생님에게 나미의 재능을 가다듬는 작업을 먼저 하기로 했다.

내가 보기에는 당장 데뷔를 하여도 될 것 같지만, 전문가들이 보면 또 그렇지 않기에 나름 고민되는 부분이 있었다.

나와 김승우 대표는 이 일에 대해서 이야기를 나누고, 결국 새로 사무실을 얻기보다 SN 사무실에 빌붙어 셋방살이를 하기로 결정했다.

소속사 무실의 연습생은 달랑 1명이니, 사무실을 얻고 할 것도 없었다.

어차피 SN 사무실을 얻을 때 나의 돈이 들어갔고 아직 완전히 정산되지 않은 돈이 조금 남아 있었기에, 그 돈으로 보증금을 대체하고 SN 소속원처럼 자유롭게 사무실을 쓰기로 했다.

이래저래 예정에도 없던 일을 하느라 시간을 보냈지만, 막상 내가 할 일은 그다지 없었다.

좋은 보컬트레이너를 추천받아 그분과 만났다.

노래를 들어본 그는 기꺼이 나미를 가르치겠다고 하였다.

레슨비가 작지는 않았지만 감당하지 못할 정도는 아니었고, 또 나름 한국을 빛낼 위대한 가수를 키운다는 설렘으로 했기에 일이 재미있었다.

나는 주식 공부와 병행하여 연예인에 대해 공부하기 시작했다.

어차피 내가 매니지먼트를 할 것이 아니기에, 나미가 데뷔를 하고 연예인으로 어떻게 살아갈 것인가에 대한 비전을 나누는 정도로 방향을 잡았다.

나미가 가수를 한다고 하니 꼬맹이 친구들이 부러워하며 자주 커피숍에 놀러 왔다.

"안녕, 진미야."

"저기 오빠."

"응?"

"나도 연예인 하면 안 돼요?"

"엉? 뭐가 하고 싶은데?"

나는 차마 안 된다는 말을 하기 곤란하여 이야기를 돌렸다.

"저도 가수하고 싶어요."

"그래? 그런데 사실 난 본격적으로 연예인을 키울 생각이 없단다. 실력만 있다면 못할 것은 없지만, 나미는 정말 노래를 잘한단다."

"알아요. 나미가 나보다 노래는 조금 잘하지만 저도 잘해
요."

속으로 조금이 아니라 아주 많이 잘한단다, 하고 생각을 했
지만 어떻게 이렇게 어린 소녀에게 그런 말할 수 있겠는가?

그래서 나는 어쩔 수 없이 노래를 한번 해보라고 했다

어, 그런데 이게 웬일인가?

이 녀석이 제법 잘한다. 내 귀가 싸구려라 그런지 몰라도,
아주 잘하는 것 같았다. 그래서 별수 없이 김승우 대표에게
데리고 갔다.

"어서 오게."

"이 아이 노래 좀 봐 주십시오."

"오호. 자네에게 마구 인재들이 몰려드는군."

김승우 대표가 웃으며 이야기를 했다.

"그럼 잘하는 노래 아무거나 해 봐."

진미는 이은미의 '애인있어요' 를 부르는데 김승우 대표의
입이 딱 벌어졌다.

"계약하게. 어디서 이런 보석들을 발견했나? 이 아이까지
있었다면 내가 연습생을 키웠을 텐데."

"그럼 가져가시겠습니까?"

"욕심은 나지만 아직은 좀 벅차네."

나는 진미까지 이렇게 연예인 지망생 대열에 합류하게 되

자 약간 곤란해졌다.

생각보다 일이 커졌다.

결국 유진미의 부모까지 만나 계약을 했다. 진미의 부모님은 상대가 나라는 것을 알자 아무것도 보지 않고 계약서에 도장을 찍었다.

진미가 나중에 나와의 일을 부모님에게 이야기해서, 평소에도 길에서 만나면 나를 생명의 은인 대접을 하곤 했던 부모들이라 계약은 어렵지 않았다.

나는 이 녀석들을 아예 프로젝트 그룹으로 묶어, 같이 또 다르게 활동하도록 하면 어떨까 하는 생각을 하게 되었다.

사람의 인연이라는 것이 예기치 않은 곳에서 만나고 헤어지게 마련이다.

내가 히말라야에서 살아 돌아와 과거로 회귀하고 처음 만났던 소녀가, 이렇게 다른 인연이 되어 만날 것이라고 누가 생각했겠는가?

죽음을 생각했던 아이가 세상을 빛낼 연예인이 될 줄은, 물론 아직은 아니지만 아주 높은 가능성이 있다고 보는 나에게는, 미처 생각도 예상도 하지 못한 일이었다.

이후에도 진미의 친구 몇이 찾아왔지만 김승우 대표는 고개를 흔들었다.

연예인은 단순히 노래와 연기를 잘한다고 하는 것이 아니라 끼가 있어야 한단다.

나중에 찾아온 아이들은 실력도 문제가 되었지만, 두 아이들에 비하면 끼도 상당히 처졌다.

난 졸지에 동네에서 연예인 키우는 사람으로 인식되었다.

할 수 없이 아이들을 위해 차를 사고 여자 매니저도 고용했다.

투자 금액이 늘어나 조금 부담이 되었지만, 차를 제외하고는 목돈이 갑자기 들어가는 것이 아니라 견딜 만했다.

게다가 친한 친구 둘이 같이 다니니, 이전보다 아이들이 신나 했다.

진미가 성격이 좋고 착해, 자신의 실력이 나미보다 처진다는 것을 알고도 질투하지 않았기에 문제는 일어나지 않았다.

진미는 나이는 어렸지만 이미 자살을 결심할 정도로 큰 상처를 받은 경험이 있기에, 나미의 변덕스러움을 그 나이답지 않은 어른스러움으로 잘 받아주곤 했다.

나중에는 커피숍의 꼬맹이 소연이도 연예인을 하겠다고 베티랑 방방 뜨는 바람에, 말리느라고 힘이 들었다.

나를 쫓아다니는 소연이를 볼 때마다 직원들은 웃었다.

*　　　*　　　*

망산 금융과의 재판은 압도적으로 우리가 유리하였다.

게다가 검찰의 조사가 진행될수록, 그리고 시간이 지날수록 로타 그룹의 만행이 인터넷뿐만 아니라 신문과 TV 전파까지 탔다.

그래서 평상시 잘해야 한다는 것이다.

힘이 있다고 온갖 행패를 부리다, 계기가 주어지자 힘이 없어 참고 있었던 사람들이 둑 터지듯 뛰쳐나왔다.

심지어 로타 그룹의 창업주인 신창원의 친일 행적까지 인터넷에 터져 나왔다.

그는 일제강점기 때 고철 장수를 해서 돈을 벌고는, 이후에 미곡 상점과 밀가루 수입으로 기업의 기초를 세웠다.

표면적으로는 아무런 문제가 되지 않던 이런 일들이 사실은 그렇지 않았다.

그는 일제 강점기 일본 정치인들에게 막대한 뇌물을 갖다 바쳤다.

그리고 우리나라가 해방되어 일본 기업과 관리가 한반도에서 철수할 때, 일본 기업들이 가지고 있던 수많은 공장과 땅들을 싸게 넘겨받았다.

이후 6.25가 터지자 제일 먼저 일본으로 피난을 갔고, 돌아와서는 일본 제품을 수입해 국내에 팔았다.

뼛속까지 친일의 피가 흐르고 있는 사람이었다.

문제는 로타 그룹과 같은 기업이 우리나라에 상당히 많다는 것이다.

친일을 하지 않았다면 이번에는 정경 유착으로 돈을 벌어 재벌이 되었다.

우리나라 산업 구조가 기형적으로 변하게 된 것이 어쩔 수 없는 산업화의 부작용이라 치부하더라도, 문제는 재벌들과 정부가 이후에도 왜곡된 산업 구조를 개선시키려는 의지를 보이지 않았다는 점이다.

이렇게 왜곡된 경제 구조가 그들에게는 더 유리하게 때문이었다.

늦은 밤, 나는 자리에 앉아 마나를 수련하였다.

마나가 심장에서 출발하여 몸 구석구석으로 돌아 다시 심장으로 돌아온다.

요즘에는 끊임없이 마나 수련을 해도 마나의 양은 좀처럼 늘어나지 않는다.

그러니 드래곤 마나를 정제하지 않고서는 마법의 서클을 올릴 수 있는 길은 요원하였다.

마법사가 마나 수련을 하루 이틀 한다고 서클이 올라간다면 모두 대마법사가 될 것이다.

나는 변함없는 마나양에 실망하지 않고, 이렇게나마 내 삶이 유지되고 1서클의 마법사가 된 것에 감사를 했다.

하지만 1서클의 마법사는 너무 약했다.

게다가 1서클의 마법을 각인시켜 놓지 않으면 필요할 때 마법을 사용하기 힘들다.

1서클의 마법은 잘 조절되지 않는다는 약점까지 있다.

3서클이 되어야 1서클을 시동어 하나로 자유자재 발현시킬 수 있으니.

과학은 단순히 눈에 보이는 것과 보이지 않으나 존재하는 것을 분석하고 분해하여, 최소의 성분까지 내려가면서 서로 다른 성질의 요소들이 결합되면 어떤 일이 일어날지에 대해 추론하고 검증한다.

순수한 강철보다 합금이 더 쓸모가 있는 이유는, 서로 다른 성분을 분리하여 서로 섞어 보고 열등한 것은 버리고 우월한 인자들을 구별하기 때문이다.

그러나 간혹 이러한 열성의 실패물이 다른 곳에서는 엄청난 효과를 가지기도 한다.

그 예로 비아그라는 협심증 치료제로 개발되어 임상 실험에서는 실망스러운 결과를 낳았지만, 남성의 발기 부전 치료제로 탁월한 효과를 발휘하였다.

그러나 대부분은 우성의 것이 더 강력한 효과를 지닌다.

마법 실험도 마찬가지다.

마법에 의한 독특한 실험 방법이 존재하며, 그 방법에 의해 계속 개선된 방식의 고위 마법들이 위용을 발휘하게 된다.

그러나 마법에 의한 실험이라 할지라도, 그 성분과 화학적 구조를 안다면 실패를 더 줄일 수 있게 된다고 생각했다.

문제는 내가 이과 계열이 아니라는 점이다.

화학적 실험은 꾸준한 데이터의 축적이 기록으로 남아 오늘날의 발전을 이루어 왔기에, 내가 지구의 뛰어난 실험 기구를 구입한다고 바로 효과를 낼 수 있는 것도 아니었다.

게다가 실험 장치가 상당히 비싸 개인이 마련하기 곤란한 게 많았다.

다만 기초 형질을 연구하는 것들, 예를 들면 현미경이나 성분 분석은 상대적으로 장비가 저렴하다고 할 수 있다.

하지만 이 역시 무엇을 구입해야 하는지조차 아직 모른다.

어떤 실험을 해야 하는지에 대해서도 모른다는 뜻이다.

일단 드래곤의 마나를 정제하기 위해서는 정제술을 배워야 한다고 생각했다.

마법으로 정제하는 방법은 앞서 경험했듯, 나의 수준으로 감당하기 버겁다.

마법으로 드래곤의 마나를 제어할 수 있는 수준이 되어야 하는데, 그렇게 하려면 고위 마법사, 즉 5서클이나 적어도 4서클은 되어야 한다.

나는 이 드래곤 하트를 과학적으로 정제할 수 있는 방법을 모색하기로 결심했다.

과학은 성분을 분석해 필요한 성분만 분류할 수 있기 때문에, 음습한 마나는 뽑아내면 된다.

드래곤 하트는 드래곤의 마나가 고체로 변한 상태이니, 이를 다시 기체로 만들거나 액체로 만들어 필요한 성분만 뽑거나 할 수 있을 것이다.

그렇다면 드래곤 하트를 녹일 수 있어야 하는데, 이게 또 무엇으로 녹일 수 있냐 하는 문제가 있다.

이래저래 마법을 배우는 것은 힘든 일이었다.

나는 일단 기초 성분 분석을 할 수 있는 방법을 연구하기로 했다.

성분 분석기를 사거나 의뢰를 해야 하는데, 지구에 없는 이것의 성분을 일반 연구소에 의뢰하면 아무래도 문제가 될 것 같았다.

일단 연구할 수 있는 장소를 마련하여 성분 분석기를 구입하고 이에 대해 잘 아는 사람을 고용하는 것은 무리가 없을 텐데.

성분 분석기도 다양한 종류가 있다. 금속 성분 분석기가 있고 액체 분석기가 있다.

병원에서 사용하는 분석기는 액체 분석기에 속한다.

조금은 까다롭지만 드래곤 하트를 마법으로 분류하면 웃

기계도 광물에 가깝다.

아무리 생각해도 내 개인 연구소를 차리기 위해서는, 일단 성분 분석을 위한 방법이 무엇인가를 알아야 그에 합당한 기계를 구입할 수 있을 것 같았다.

개인적으로 기계가 필요한 이유는 드래곤 하트를 어떤 연구소에 의뢰했다 하더라도, 그들은 말 그대로 성분 분석만 해주지 성분을 분리해서 내가 원하는 목적대로 사용할 수 있게 해주지는 않는다.

말 그대로 그들은 성분만 분석해 주지, 응용과 사용은 내가 알아서 해야 한다.

물론 재벌쯤 되면 이야기가 달라지지만, 아직까지 나는 그렇게 여유가 있지 않았다.

생각지도 않았던 아이들을 연예인으로 키우느라 그쪽에 지속적으로 돈이 들어가고 있었다.

로타 그룹에서 박무영에게 준 돈을 내가 중간에서 가로채지 않았다면, 사실 커피숍의 수익으로는 조금 벅찼을 것이다.

할 수 없이 나는 올해 있는 대통령 선거를 이용하여, 가지고 있는 대부분의 돈을 대선 주식에 올인하기로 결정했다.

굉장히 위험하지만, 나는 누가 대통령이 되는지를 알고 있으니 승산이 높았다.

이를 위해 마지막으로 남은 금괴를 처분하여 대선 주식을 집중 매입했다.

대부분의 사람은 이회창 대통령 후보가 될 것이라 생각하여, 그와 관련된 주식들은 상당히 많이 올랐다.

노무현 대통령 후보의 주식도 오르긴 했지만 아직은 많이 오른 편이 아니었다.

노무현 대통령 후보가 바람을 타고 있기는 하지만, 지지율에서 너무 큰 차이가 났다.

사실 누가 두 번이나 아들의 병역 문제 때문에 낙선하리라 생각했겠는가?

김대업은 생각보다 한국 정치사에 큰 영향을 끼쳤다.

그는 1997년에 이회창 후보를 한 번 물 먹이더니, 2002년 올해에 다시 의혹을 제기했고 이에 따라 검찰의 수사가 진행되었다.

문제는 병역 비리에 노련했던 김대업이 조사 과정에서 확실한 증거를 내놓은 적이 한 번도 없었다는 점이다.

그러면서 시대의 정의인 척했다는 것은 아이러니다.

그는 병역 비리에 전문가가 아니라, 이미 병역 비리로 실형을 선고받은 자이다.

난 그를 싫어하지만 웃기게도 그 때문에 돈을 벌지도 모른다.

이래서 인생 자체가 아이러니인지도 모른다.

예수 말씀대로 죄 없는 자는 이 여인을 돌로 치라고 했을 때 누구보다 먼저 과감하게 돌을 던진, 가장 죄 많은 사람이 바로 그다.

과연 정의가 무엇인가?

사람에 따라 철학과 상황, 무수한 변수가 있겠지만 한 사람을 몰락시키려는 의도에서 한 양심선언이 진실일지라도 별로 추천하고 싶지는 않다.

만약 그가 정의로웠다면 더 일찍, 더 집요하게 밝혔어야 했다.

왜 대선이 있는 해에만 그랬는지, 진심을 떠나 나는 그를 신뢰하지 않는다.

이것은 그냥 나의 개인 성향일 뿐이다.

사람들은 자기의 생각과 선택에 따라 무수한 선택을 할 자유와 존엄을 가지고 있다.

이렇게 해서 돈을 번다는 것에는 부정적이지만, 내 자신이 올곧지 못해서인지 목적을 이루기 위해 편법을 이용하기로 했다.

그렇지 않다면 지금으로서는 도저히 방법이 없다.

드래곤 하트를 연구하는 데 들어가는 막대한 자금을 내가 무슨 수로 마련한단 말인가?

나는 양심의 가책을 느끼며, 노무현 대통령 후보가 당선되면 수혜를 받을 주식들을 차분하게 매집하기 시작했다.

사실 따지고 보면 대선주는 대놓고 작전하는 주식이다.

일반 사람은 쳐다도 안 보는데 운 나쁜 놈, 눈치 느린 놈이 당하는 게 이런 대선주다.

정상적인 생각으로 주식을 사고파는 것이 아니니, 조사를 해도 작전 세력이 나오지는 않는다.

주식을 산 모든 사람은 광범위하게 다 작전 세력이니 말이다.

주식은 사실 기업의 투자를 활성화하는 굉장히 건전한 투자다.

부동산처럼 묶여 있는 자산이 아닌, 물건을 만들 수 있도록 기업의 숨통을 트여 준다.

주식은 그 회사에서 자신이 가지고 있는 %만큼 주인이다.

즉, 발행 주식이 100주라고 가정하고 내가 1주를 사면 내가 1%만큼의 주인이고, 그만큼의 주주 권리를 행사할 수 있다.

그런데 대선주는 이런 회사의 가치를 보는 게 아니다.

누가 당선되면 그 후보가 말한 내용 또는 그 후보와 관계있는 사람이 오너로 있는 회사가 잘될 것이라 믿고, 일종의 요행을 바라고 매입한다.

이게 눈치만 빠르면 단기간에 많은 재미를 볼 수 있다.

난 돈이 필요했다.

그렇다고 부모님께 손을 벌릴 수는 없었다. 무슨 명목으로 돈을 달라고 하겠는가?

그러니 마음을 끓이며 어쩔 수 없이 눈을 감고 잠시 원하지 않는 것을 해본다.

지금은 노무현 주식 무엇을 사도 2배는 남는다.

'그래, 가보자.'

나는 한숨을 내쉬고 아메리카노를 마셨다.

*   *   *

아이들의 보컬을 담당하는 장세창 프로듀서는 수많은 가수를 키운 대표적인 작곡가이다.

그런 그가 나미와 진미를 가르쳐 주는 것은, 그만큼 그 아이들에게 기대를 한다는 말이었다.

나는 아이들이 신나 하며 부르는 노래를 들었다.

어리다 보니 장세창 프로듀서도 칭찬 일색으로 아이들을 다룬다.

물론 저렇게 하다가 하루 날을 잡아서 눈물이 쏙 빠지도록 야단을 친다고 한다.

애들은 그래야 잡힌다나?

아이들은 야단을 쳐야 한다.

칭찬만 하면 버릇이 없어지는 것은 둘째치고, 자기가 잘난 줄 착각하고 재능을 개발하지 않는다. 그리고 때로는 맞기도 해야 한다.

사회에 나가서 맞으면 더 아프니까.

아이들이 귀할수록 옛 어른들은 엄하게 키우셨다.

그분들에게 삶의 지혜가 있었기 때문이었다. 그렇게 하지 않으면 아이들이 망가지니까 말이다.

칭찬으로 아이들의 의욕을 고취시키고 아주 가끔 한 번 무섭게 야단을 맞으니, 아이들은 무서워하면서도 장세창 씨를 좋아했다.

아이들은 영악하게도 앞에서는 놀기를 좋아하는 것처럼 보이지만, 머리로는 자신들의 손실을 계산한다.

그래서 의외로 아이들은 엄격한 기준이 있는 선생님이나 어른을 좋아한다.

아주 가끔 노래하는 것을 들으려 가 보면, 아이들은 항상 밝은 모습이다.

이렇게 커 줘야 그 고운 목소리로 사람들에게 행복을 주는 노래를 부를 수 있겠지, 생각한다.

"오셨어요, 사장님?"

아이들의 매니저 장만옥 씨가 나를 반긴다.

매니저 초짜는 아니지만 경험이 그다지 많지도 않다. 하지만 다정다감하고 책임감이 강해서 아이들을 잘 다룬다.

"네, 수고가 많으시네요."

"아이들이 행복해 보이죠?"

"네, 좋아하는 것을 하니 그렇겠죠. 장세창 프로듀서가 잘 다루기도 하고요."

"아마 데뷔할 때 곡도 주실 것 같아요."

"정말요?"

"네, 아이들이 예쁘잖아요. 그리고 나미가 벌써부터 곡을 달라고 졸라서, 아마 못 버티시고 좋은 곡으로 하나 주실 것 같아요."

"와, 대단하군요. 유명 가수들에게도 곡을 잘 안 주시기로 유명한 분이신데."

"꼭 아빠와 딸 같지 않아요?"

"어, 그렇게 보이기도 하네요."

정말 세 명은 다정해 보였다.

흐뭇한 표정으로 노래하는 모습을 바라보는 장세창 씨에게 아이들이 가끔 애교마저 부리니, 허허허 웃으시다가 어느새 녹아내린다.

아이들 자체가 워낙 의욕이 있다 보니, 하루가 다르게 성장하는 것이 눈에 보인다.

나는 아이들을 보며 이대로만 커 줬으면 좋겠다는 생각을 했다.

물론 덕분에 나도 돈을 많이 벌게 될지 모르지만, 저렇게 예쁘고 귀여운 아이들이 잘 자라는 모습을 보는 것만으로도 즐거웠다.

아이들을 보고 경영학과 학과장으로 계시는 은사 장민호 교수님을 찾아뵙기 위해 약속을 잡았다.

강의 시간을 피해 학과장 사무실에 들어가니 이미 손님이 한 분 계셨다.

어떻게 하나, 자리를 비켜 드리고 다음에 와야 하나 하고 생각하는 나에게 교수님은 웃으며 괜찮다고 하셨다.

나는 일단 자리에 앉았다.

"어, 이열 군. 어서 오게. 이 친구는 신경 쓰지 말게. 잠시 있다가 갈 걸세."

"아, 네. 오랜만에 뵙습니다. 그동안 잘 지내셨지요?"

"나야 뭐 그렇지. 요즘 유명 인사가 되었더군."

"아."

"이쪽은 내 친구 오동탁일세. K대 교수지. 인사만 하게."

"처음 뵙겠습니다. 김이열이라고 합니다."

"반갑습니다. 하아, 이거 사인을 받아가야 하는 건지 모르겠군요."

"아이구, 그런 말씀은 하지도 마십시오."

"하하하."

인사가 끝나고, 나는 교수님께 준비해 간 루이 13세를 드렸다.

4병을 샀다가 3병은 현주 아버님께 드리고 남은 것이었다.

교수님에게 많은 사랑을 받은 것이 기억나, 따로 선물을 구입하기는 그렇고 조금 비싸지만 그대로 들고 왔다.

장민호 교수는 루이 13을 보더니 눈이 커졌다.

술을 좋아하시는데 오랜만에 좋은 술을 선물 받아서인지 기분이 좋으신 듯했다.

분위기가 무르익자 나는 방문 목적을 말씀드렸다.

"그래, 물리학과 교수님을 소개시켜 달라고?"

"네, 광물 하나를 분석하려고 하는데 어떻게 하는 것이 좋은지 조언을 듣고 싶습니다."

우리 이야기를 옆에서 가만히 듣고 있던 오동탁 교수가 갑자기 대화에 끼어들었다.

"뭔데 그런가?"

"아, 네 제가 구한 특이한 광물이 두세 가지 속성이 있는데, 이를 속성이 같은 것끼리 분리해 보려고 합니다."

"호오, 그게 꼭 이 학교 교수라야 하는가?"

"그건 아닙니다. 다만 제가 아는 교수님이나 전문가가 없어서 그렇습니다."

"하하하. 그럼 이 친구 동탁이에게 해보게. 알아주는 자원 물리학의 거두니까. 자네가 물리학을 몰라서 그렇지, 이 친구 꽤 유명한 사람이지. 네이처지에도 몇 번 글이 실렸었지."

"아, 영광입니다. 그렇게 유명하신 분을 뵙게 될 줄은 몰랐습니다."

"자네만큼 유명하지 않으니 공소리는 집어치우고 어떤가, 내가 좀 봐줘도 되는가?"

"그렇게 해주시면 저야 영광이지요."

"그럼 나에게도 저 술을 뇌물로 바칠 것인가?"

"물론이지요. 술이 문제겠습니까?"

"흠, 그럼 언제 한번 내 연구소로 가져와 보게."

"아, 정말 감사합니다. 사실 어떻게 해야 하나 막막했는데 정말 감사합니다."

"후후. 루이 13세 두 병을 가져와도 부담스러워하지 않을 테니, 자네의 배포를 한번 보여 보게. 난 뇌물에 따라 결과가 달라지는 부정한 교수이네."

"하하. 설마 그럴 리야……."

"맞네."

장민우 교수님이 쐐기를 박는다.

아, 한 열 병은 사 가야 하는 건가? 좀 암담하기는 하지만 실마리는 풀린 셈이다.

그렇게 의도치 않게 오동탁 교수님을 만나게 되었다.

아무래도 대학 교수가 중립적이고 학문적 호기심이 강해서 일반 연구소보다는 믿을 만했다.

나는 빠른 시간 내에 오동탁 교수님이 계시는 K대를 방문하기로 했다.

'휴우, 이렇게 일이 풀릴 줄 몰랐군.'

나는 안도의 한숨을 내쉬었다.

가야 할 길에 아주 희미한 빛을 본 것 같아 마음이 기뻤다.

이렇게 일이란 의도하지 않는 방향에서도 간혹 풀리곤 한다.

인생의 묘미이기도 하다.

오동탁 교수님에게 분석을 의뢰하고는 이 주일이 지났을 때 전화가 왔다.

[아, 김이열 군. 굉장한 일이 일어났네. 빨리 이리로 내려오게.]

오동탁 교수님과는 조금 친해져, 교수님이 내게 하대를 하게 되었다.

뭐, 당연한 일이었다.

사회에서 만난 것도 아니고 대학 은사님의 친구 분이신데, 나에게 존칭하는 것도 말이 안 되었다.

나는 오동탁 교수님을 찾아뵙기 위해 대전으로 내려갔다.

나른한 오후의 평일에 고속도로를 달리면서, 오 교수님이 무슨 일로 급히 찾았는지 궁금했다.

아마도 독특한 결과가 나왔겠지.

드래곤 하트는 단순한 광물이 아닌 신의 존재에 가까운 드래곤 마나의 응집체이니.

내가 드린 것은 샘플이다.

그것을 가지고 뭔가를 할 수는 없는 작은 양이다.

물론 복용한다면 상당한 마나를 획득할 수도 있겠지만, 드래곤의 저주도 같이 얻게 된다.

만약 마법사가 아닌 평범한 인간이 복용하였다면, 평상시에는 잘 나타나지 않아도 어떤 계기로 인해 분노와 절망에 빠졌을 때 드래곤의 광포함이 순식간에 그를 지배한다.

그렇게 인간의 성품을 잃어버리게 만들지도 모른다.

드래곤은 인간이 아닌 반신의 존재이니, 그의 마나를 섭취하고도 멀쩡하다면 말 그대로 난센스다.

교수님의 연구 병동을 찾아 조교의 안내로 도착한 그곳에는, 많은 대학원생과 오 교수님이 함께 계셨다.

대학원생들은 각기 자신에게 주어진 연구를 하는 데 집중하느라 매우 바빠 보였다.

"어서 오게."

"교수님 잘 지내셨습니까?"

"아, 그러네. 지금 그게 문제가 아니네. 이리로 와 보게."

교수님의 얼굴에서, 그가 상당히 흥분을 하고 있는지 알 수 있었다.

얼굴이 평소보다 조금 붉어졌으며 눈은 호기심으로 가득하였다.

"뭐가 문제죠?"

"다 문제네."

"이것 보게. 이것은 살아 있네. 겉보기에는 광물처럼 보이지만, 마치 생명체처럼 반응한다네. 처음 분자식을 얻기 위해 원소 분석 방법을 하려 저 광물을 태웠다. 아니, 태우려고 했네. 그런데 말이지, 어지간한 광물은 모두 타버릴 온도까지 올려도 저것은 조금도 변화가 없었네. 보게. 이게 원소 분석을 하기 위해 한 실험인데, 저 분자들이 움직이는 것을 보게."

나는 오 교수님이 가리키는 화면을 보았다.

서로 다른 색의 이질적인 흐름을 보이고 있었다.

흰색과 검은색이 묘하게 서로 뒤섞이지 않고 반발하며 움츠리다가, 열이 가해지자 섞여 단단해지면서 함께 대항하는 형세다.

"처음 광물 연구용인 편광 현미경으로 관찰했을 때는 반응하지 않았네. 최근에는 편광 현미경이 비정질(非晶質)에도 이용되고 있네. 즉, 비결정질인 원자나 이온, 심지어 분자 따위가 규칙적으로 배열되어 있지 않은 고체 물질을 관찰하는 데도 사용되어지지. 물론 원자 현미경으로 관찰하면 원자 지름의 수십 분의 1까지 측정할 수 있지만, 그건 내 연구실에 없네. 따라서 자네가 주는 코딱지만 한 의뢰비로는 꿈도 못 꾸네. 무슨 말이냐 하면, 지금처럼 뒷구멍으로 분석을 못한다는 것이지. 돈도 더 많이 들게 되지만 대학의 연구 기록으로 남게 된다는 말씀. 자네가 말한 그 이상하고도 긴급하며 허무맹랑한 조건에 맞지 않네. 그런데 지랄 같은 것은, 놈이 우습게도 생물학적인 접근법에 반응한다는 사실이지. 게다가 활동에너지가 너무 엄청나 가히 측정 불가, 도대체 이걸 어디서 구했나?"

나는 오 교수님의 설명에 그럼 그렇지, 하고 생각했다.

생긴 것은 광물처럼 단단하지만, 광물이 아니다.

마법적 판단에 의하면 이는 광물, 따라서 마법으로 올바르게 정제를 한다는 것은 있을 수 없다.

그렇다면 마법사가 드래곤 하트를 생명체의 마나임을 몰라 그렇게 했다는 말인가?

물론 그럴 리가 없다.

마법도 마법을 발현하는 마법사의 의지에 반응하고, 마법의 수식에 의해 영향을 받는다.

그러니 자크 에반튼의 생물학적 시도에는 드래곤 하트가

반응을 하지 않아 단순하게 광물로 분류했고, 그의 마법적 지식을 이어받은 나에게는 당연히 광물로 반응한 것이다.

"자, 잘 보게. 이것을 질량 분석기를 이용하여 전기장을 통과시키면 저렇게 변하네."

오 교수님이 가리킨 것은 스펙트럼과 같은 곳으로, 투과되자 드래곤 하트가 갑자기 서로 분열하여 떨어지기 시작하였다. 그리고 마침내 흰색과 회색, 검은색으로 분류되었다.

"잘 보게. 회색이 저렇게 흰색과 검은색을 붙잡고 있네. 그래서 서로 이질적인 분자들이 때로는 반발하며 때로는 응집하는 것이네. 자, 저기에 급속도로 냉각을 하면 요렇게 되지."

드래곤 하트는 엿가락처럼 세 파트로 분리된 형체로, 완벽하게 구별되었다.

놀라운 일이었다.

마법으로 시도하면 수많은 실험과 엄청난 재료가 필요하지만, 과학적 방법을 쓰자 마법으로는 생각할 수 없을 정도로 쉽고 깔끔하게 해결됐다.

마법은 과학과 비교하면 수리학과 정신학의 결합에 가깝다.

자크 에반튼이 살던 차원에서 마나라는 특이한 존재를 알게 된 후, 이를 인간이 꾸준히 연구하여 발전시켜 온 것이 마법이다.

이 마법은 드래곤의 전유물이었다가, 고대 마도인들이 드래곤과는 다른 마법의 발현법을 연구해 엄청난 번영을 누렸다.

그런데 이런 마법의 기초에 해당하는, 상식에 반대되는 일이 일어났다.

나는 놀라운 현상에 입을 다물지 못했다.

세계적인 물리학자라고 하는 오동탁 교수님이 이렇게 간단한 방법으로 문제를 해결하실 줄이야.

나도 전문가는 다르다는 것을 알고 있었다.

예전에 알고 있던 친한 분이 외과 전문의였는데, 환자를 하도 진료를 하다 보니 얼굴만 보면 대충 6할의 병이 얼굴에 나타난단다.

임상 실험을 많이 해보면 이런 유형은 무슨 방법으로 접근해야 하는지 금방 감이 오게 마련이다.

"그나저나 자네, 어디에서 이것을 구했는가?"

"믿으실지는 몰라도, 얼굴도 알지 못하는 사람에게 받았습니다. 교수님도 아시다시피 이것은 공유 불가이며, 연구하실 필요도 없습니다. 신을 믿으신다면 제 말을 믿으십시오. 괜히 연구하셔 봐야 미친놈 소리만 들으실 겁니다. 어디에 있는 것이 아닙니다."

나의 말에 오 교수님이 고개를 끄덕이셨다.

조금 기분이 나쁠지는 몰라도, 나는 단호하게 말씀을 드렸다.

인간이 이 드래곤 하트를 알아선 안 되기 때문이다.

"자네의 말이 맞네. 아마도 그것은 지구에서는 구할 수 없는 특이 광물이거나 생명체일 걸세. 하나 생명체로 본다면 자가 분열도 안 하는 생명체가 있을 수는 없고, 반대로 광물이라고 하기에는 생명력이 너무 충만하네."

"아, 정말 제 말을 믿으시는군요."

"내 자랑 같지만, 자네 말을 믿지 못할 정도로 지식이 낮지는 않네. 내가 세계 최고의 과학자는 아니지만 이쪽 분야에서는 나름 인정을 받는 편인데, 뭐 그런 내가 모를 수 있는 광물들이 아직도 엄청 많겠지만 이렇게 이상한 것은 내 단언하건대 없네."

평범을 뛰어넘는 비범함은 결국 자신의 사유를 상식에 비추어 본다고 하는 말이 있더니, 역시 교수님이 그러하셨다.

"그래, 어떻게 하겠나?"

"궁금증이 풀렸습니다. 이제 분석 의뢰를 마치도록 하겠습니다. 수고하셨습니다. 그런데 무엇인지 궁금하지 않으십니까?"

"궁금하네. 하지만 묻지는 않겠네."

"......?"

나의 얼굴을 보더니 교수님이 피식 웃었다.

"내 나이가 내일 모레면 이제 은퇴네. 뭐 학자로서 궁금증이 도지지 않는 것은 아니지만, 나이를 먹는다는 말은 그만큼 지혜를 가지게 되었다는 뜻이네. 지혜는 갈 때 가고 멈출 때 멈추는 거네. 그 빌어먹을 돌덩어리는 더 나가면 안 됨을 알고 있네. 뭐 죽을 각오로 연구하면 되겠지만, 이 나이에 요즘 마누라와 다시 살가워졌는데 좀 억울하겠지. 내 청춘을 연구에 바쳤으면 이제 노후는 마누라에게 바쳐야 이혼당하지 않겠지. 이 나이에 이혼을 당한다고 생각하면 끔찍하네. 그리고 결.정.적으로, 자네는 나에게 결코 더 이상의 의뢰를 하지 않으며 내 개입도 용납하지 않을 것이네. 나이가 들면서 신기가 좀 있다는 말을 들었는데, 맞을 거야. 대신 뇌물은 지금보다 엄청 더 챙겨 와야 하네. 이건 인간적으로 부탁하는 바이네. 마누라에게 용돈을 받아쓰는 나는, 그렇게 고급 술은 1년에 1번 먹어보기도 힘드네."

장민호 교수님의 술친구라고 하더니, 오 교수님 역시 술을 너무 좋아하신다.

웃기는 것은 술친구라 해도 좋은 술이 있으면 두 분이 나눠 먹지 않는단다.

술 인심이 고약하다고 할지는 모르겠지만 어릴 때 술에 대한 이상한 승부욕 비슷한 것이 있어, 장난으로 한 번 상대를 놀리다가 그렇게 되었다고 한다.

그래서 장민호 교수님이 루이 13세를 받는 모습에 그 묘한 승부욕이 발동하여, 내 의뢰를 맡아주신 것이다.

장민호 교수님은 안 그렇게 생각하지만 오동탁 교수님은 자신이 루이 13세를 더 많이 받으면 이긴다고 생각하시는 분이시다.

나는 오동탁 교수님에게 질량 분석기를 통해 서로 다른 성질을 나누는 것을 배웠다.

비디오를 판독함으로 그 원리는 이미 숙지하고 있지만, 기계에 대한 이해도가 너무 딸렸다.

내 고민을 알아채신 교수님은, 어떤 의도로 의뢰를 하였는지 은근하게 물어보셨다.

솔직하게 이 세 가지의 성분을 따로 추출하려고 한다고 말하자, 적당한 기계를 추천해 주셨다.

이제 내가 필요한 것은 분석기가 아니라, 그것을 분류하는 기계였다.

그러기 위해서는 이 연구소에 있는 일정 기계들이 필요했는데, 마침 문을 닫은 연구소의 기계가 중고로 나왔다 하여 아주 싸게 구입했다.

드래곤 하트를 이온화시켜 주는 장치만 구입하면 되었다.

이온화란 물리적 과정을 통해 전해질이 용액 속에서 양이온과 음이온으로 분리되는 과정을 말한다.

이런 원리를 이용하면, 서로 다른 화학 구조를 가진 분자를 분류할 수 있게 된다.

나는 아주 작은 3개의 고체 덩어리를 손에 올려 보았다.

겉으로는 여전히 붉은색을 띤 돌들이지만, 광학 현미경을 통하면 세 가지 색으로 나타나는 분자 구조들의 활동을 볼 수 있다.

하나는 아주 엷은 붉은, 다른 하나는 분홍색에 가까운 붉은, 나머지 하나는 검은색에 가까운 붉은색이었다.

핏빛인데 그게 흘러내려 굳은, 그런 섬뜩한 검붉은 핏빛 말이다.

나는 서울 외곽의 공장 가운데 하나를 임대했다.

뭐 공간을 많이 차지하는 것도 아니고 해서, 중고 기계를 사서 들여 놓았다.

임대한 공장은 공단에서 일괄 관리를 해주기에, 도난이나 분실의 위험은 상대적으로 적은 곳이었다.

오동탁 교수님의 제자 가운데 서울에 거주하면서 대학에서 강사 하시는 분을 소개받았다.

김원이라는 사람으로 조금 고지식하게 생겼지만, 나는 그게 오히려 마음에 들었다.

이런 사람일수록 계약만 초장에 잘하면 끝날 때까지 별다른 이의를 제기하지 않고 작업을 해 준다.

그에게 내가 하려는 의도를 설명하자, 처음에는 이해를 하지 못했다.

무슨 연구가 목적이 아니고 그렇다고 어려운 결과물을 원하는 것도 아닌, 단순 기계 조작을 해달라는 나의 말에 고개를 갸우뚱했다.

내가 그런 그의 생각이나 의구심까지 풀어 줄 의무는 없는 법이니.

"그냥 그렇게만 해주시면 됩니다. 저는 단지 3개로 나눠 물질을 분리해 결과물만 얻으면 되니까요."

"뭐 그렇게 하죠. 하는 일에 비해 보수도 괜찮고 하니 말이죠. 오동탁 교수님에게도 연락을 받았지만, 정말 그거만 해주고 그렇게 큰돈을 받아도 됩니까?"

"간단한 조작이지만 필요한 사람에게는 큰 의미가 있으니, 돈을 아끼는 것은 바보짓이죠. 하지만 비밀 유지를 해주셔야 하고 내용이 무엇인지 알려고 해서도 안 되며, 기록에 남기셔도 안 됩니다. 물론 기존의 법질서에 위반되는 물건이 아니니 안심하셔도 됩니다. 비밀을 요하는 의뢰가 이번만은 아니죠?"

"물론 그렇습니다. 기업에서 주는 대부분의 일감은 비밀

준수 서약을 해야 합니다. 물론 그렇지 않은 것도 있지만, 어느 수준 이상의 일감들은 대부분 그렇습니다. 그러나 이렇게까지 보안을 요구하는 것도 드물지요."

"제 의뢰는 학자들의 호기심을 충족시키기 위한 것이 아닙니다. 저의 개인적인 필요에 의한 부탁이지요. 이웃에 산다고 이웃집의 개인사나 살림살이 내용을 다 아실 필요는 없지 않습니까? 그냥 인사하고 친절하게 지내면 되는 것이죠. 제가 맡기는 일감 역시 그런 일이라 보시면 됩니다. 학자라고 자신이 맡아서 하는 모든 일을 알 필요는 없지요. 만약 그런 것을 원하신다면 기업의 일을 해서는 안 된다고 봅니다."

"맞는 말씀입니다. 제가 주제넘은 생각을 했군요. 죄송합니다."

"그럼 거래가 성사된 것으로 알고, 계약서를 쓰도록 하지요. 의뢰비가 많으니 위약금도 클 겁니다. 계약대로 해주시면 됩니다. 계약 내용도 비밀 준수 외에는 그다지 어렵지 않습니다. 동의합니까?"

"예. 만족합니다."

나와 김원은 계약서를 작성하고, 다가오는 방학 기간을 이용하여 작업을 하기로 했다.

기계 조작이 정상적으로 가동되는지 확인할 겸, 샘플을 얻을 요량으로 수업이 없는 금요일에서부터 일요일까지 그가 3일간

작업을 했다.

내가 얻은 것은 드래곤 하트의 10분의 1 분량이다. 어른 주먹의 반 정도 크기였다.

그럼에도 내가 히말라야에서 얻은 것보다는 훨씬 컸다.

나는 정제된 드래곤 하트를 보며 두려움과 가벼운 흥분을 느꼈다.

운명을 바꿀 수 있는 에너지 덩어리를 보며, 내 삶이 혹시 원하지 않는 방향으로 흘러갈까 하는 두려움이 들었다.

또한 강력한 힘에 대한 기대로 가슴이 설레기 시작했다.

나는 아공간에 이를 잘 보관한 후 일상으로 복귀하였다.

8장 생활

두 번째 사는

"오빠?"

"응?"

"현주 언니는 오빠의 뭐가 좋대요?"

"그냥 소연이가 엄마를 좋아하듯이 좋아하는 거야."

"나는 엄마가 체리 쥬빌레를 사줄 때가 가장 좋아요. 그럼 오빠도 언니에게 체리 쥬빌레를 사주는 거예요?"

"그건… 아니다."

나는 문득 소연이의 말을 들으며, 내가 현주에게 해준 게 너무 없음을 깨달았다.

그녀가 원하는 사랑을 하고 있는 것인가 하는 의문이 들었다.

시작을 그녀가 해서 내가 신경을 덜 쓴 경우가 있는 것 같았다.

물론 그녀의 아버지를 도우려다 날치파의 아지트에서 칼침을 맞긴 했지만, 그런 사실을 몰랐던 그녀는 내가 아플 때 2주일이나 학교를 가지 않고 간호를 해주었었다.

서해 주물과 망산 금융과의 소송은 거의 일방적일 정도로 승기를 잡고 있었다.

민사 소송 건은 망상 금융이 필사의 노력으로 끌고 있지만, 형사적인 문제는 그렇게 쉬운 문제가 아니었다.

사기죄와 공문서 위조죄는 사안이 가볍지 않다.

게다가 금융기관이 의도적, 고의적으로 상대방에게 피해를 입힐 목적으로 벌였기에 그 죄가 더 무겁다.

이게 사회적 이슈가 안 되었으면 어떻게 버틸 수 있는 여지가 있지만, 이미 법적으로도 여론전으로도 망산 금융은 거의 KO 직전이다.

예전에는 대형 언론 매체만 막으면 되었지만 요즘은 인터넷 언론이 너무 많았다.

문제가 터지면 가만히 덮기가 상당히 힘들었다.

소송에서 이기고 있기에 어느 정도 마음의 여유를 찾으신 현주의 아버님이 어느 날 나를 부르셨다.

나는 말없이 그의 앞에 앉아 이야기를 들을 준비를 하였다.

"내 딸과 결혼하게."

나는 멍하게 그의 얼굴을 바라보다가, 자리에서 일어나 큰 절을 올렸다.

"현주와 행복하게 살겠습니다."

"뭐 잘 살든지 말든지. 이제 그 녀석의 시달림에서 벗어나는 것만으로도, 자네를 대환영하는 바이네. 허허허."

22살의 현주가 서둘러 결혼을 하려는 이유는, 아마도 내가 먼저 나서지 않을 것임을 알고 있기 때문이었다.

대한민국에서 가장 유명한 영화배우인 여자와 결혼이라니, 좀처럼 믿기지가 않는다.

그냥 애인 사이와 결혼은 전혀 다른 이야기이니.

[오빠, 어디예요?]

"응, 나 커피숍인데."

[아빠가 우리 결혼 허락했다면서요?]

"아, 그래. 감사하게도 허락을 해주시네."

[그럼 우리 결혼하는 거예요?]

"우리 부모님 허락은 안 받고?"

[히잉, 아빠 엄마는 당연히 허락하실 텐데 왜 걱정을 해요? 나 이제 근처예요. 좀 이따가 봐요. 사랑해요.]

현주의 전화를 받고, 이렇게 서로 보고 있어도 또 보고 싶을 때 결혼하는 것도 괜찮다는 생각이 들었다.

변하지 않는 사랑이란 없다.

그래서 애틋할 때 결혼이라는 튼튼한 줄로 서로를 동여매면 좋을 듯했다.

그 안에서 서로 사랑하고 싸우며 이해하고 배려하다 보면, 우리의 삶은 풍요로워질 것이라는 생각을 한다.

나는 결혼을 앞두고 나의 두 번째 삶이 어떻게 변할지 궁금해졌다.

이번 사랑과 결혼은 지난번보다 조금은 더 따뜻했으면 좋겠다는 생각을 했다.

적어도 현주와 결혼하면 껍데기만 끼고 살지는 않을 것이라는 확신이 들자, 그것만으로 나는 그녀가 소중해졌다.

첫 번째 삶의 거짓된 20년 부부생활은 그렇게 불행하게 끝이 났다.

김미영 그녀도 20년을 불행 가운데 살다가 갔다.

과거로 돌아와 나와 결혼하지 않았으니, 그녀에겐 다시 다른 삶을 선택할 기회가 있다.

그녀도 행복해질 수 있을지, 나는 커피의 짙은 향을 마시며 마음을 달랬다.

"오빠!"

집필실이 열리고 들어온 현주가 내 품에 안겨 입을 맞췄다.

이렇게 사랑스러운 여자를 만날 수 있었던 것 자체가 행복이다.

따뜻한 햇살 아래 춤추는 아가씨처럼 상큼한 그녀의 입술은, 마치 꿀을 발라 놓은 듯 달콤하다.

"하아."

나직한 한숨과 함께 내게 기대어 오는 부드러운 몸을 느끼며, 조금은 빠르게 뛰는 그녀의 심장 소리에 가만히 그녀를 안았다.

나는 그녀에게 나직하게 속삭였다.

"우리 행복하게 살자."

"응."

나는 다시 껴안고 가볍게 스텝을 밟았다.

우리는 부드럽게 방 안으로 돌아다니며 왈츠를 췄다.

왈츠는 결혼을 축하하는 의미를 가진 춤이기도 하다. 우리는 작은 방에서 우리의 결혼을 축하하는 춤을 췄다.

"어머."

민정 씨가 문을 열고 들어왔다가 놀라 밖으로 나가려는데, 내가 웃으며 손을 들어 줬다.

얼굴을 붉히며 가져온 커피 잔을 되가져 가는 민정 씨의 무안함을 뒤로 하고, 우리는 계속 춤을 췄다.

서로의 춤에 취해 우리들은 민정 씨가 노크한 소리를 듣지 못한 듯했다.

나와 현주가 커피숍으로 나오자 소연이 나를 빤히 쳐다본다.

"뭔데?"

"오빠 춤췄어요?"

"그래."

"근데 왜 나하고는 춤을 안 춰요?"

"이제 같이 추면 되지."

"아항, 그러면 되는구나. 그럼 춤춰요."

소연이 나의 손을 잡고 빙글빙글 돈다.

나는 그 작은 발에 맞춰 돌았다.

춤이라기보다는 손을 잡고 돈다는 말이 더 맞았다.

손님 몇 분이 춤을 보고 웃는다. 그런 우리를 강아지 베티가 따라다닌다.

*　　　*　　　*

서로의 집을 찾아가 결혼 승낙을 받고, 양가 상견례를 조금 넉넉하게 잡았다.

아직 서해 주물과 망산 금융과의 소송이 완전히 끝난 것도 아니고 현주의 나이가 어렸기에 그렇게 날을 잡았다.

나는 시간이 날 때마다 마나 수련을 하였다.

확실히 정제된 드래곤 하트를 사용하자, 마나의 양이 많이 늘어나기 시작했다.

이번에 정제된 드래곤의 하트는 이전과는 비교할 수 없을 정도로 깨끗하고 순전하였다.

드래곤 하트를 입안에 넣자마자 따뜻하고 부드러운 에너지가 몸으로 들어와 뛰어논다.

이전에 느꼈던 그 서늘하고 음산한 기운은 이제 조금도 존재하지 않았다.

마나가 심장을 향해 스르륵 몰려들었다. 마치 소풍을 나가는 아이들처럼 뛰어놀았다. 그리고 시간이 지나자 마나가 띠를 이루며 하나로 모였다.

이미 한 번 해보았기에, 마나를 다루는 것은 그다지 어렵지 않았다.

마나가 차곡차곡 심장에 쌓였다. 그리고 아쉽게도 쌓이다 흩어지기를 반복했다.

새로운 서클을 형성하기에는 터무니없을 정도로 마나가 부족하였다.

나는 마나가 허공으로 흩어지지 않게, 가능한 심장 주변에 스며들도록 노력했다.

이제 보니 마도 시대의 마나 서클을 만드는 방법이, 일반적인 방법보다 요구량이 많았다.

나는 거기에서 더 압착을 하였으니, 2서클의 경지는 결코 쉽지 않을 것 같았다.

이 문제를 해결하기 위해서는 마나 수련을 꾸준히 하는 수밖에 없었다.

하지만 확실히 드래곤 하트를 아주 소량이라도 섭취하고 나서 마나를 수련하니, 이전과는 비교할 수 없을 정도로 마나가 축척되기 시작했다.

그렇게 매일 마나를 수련했다.

마법사의 길을 걷기 시작했기에, 이제 그 끝을 보고 싶은 마음도 있었다.

마법이 없는 세계에서 마법사가 된 나는 마법의 권능이 얼마나 무서운지를, 꼭 필요한 사람들에게 알려주고 싶은 마음이 조금 들었다.

나는 변해 가고 있었다. 하지만 그 변화의 폭이 크지 않기를 원했다.

계속 마나를 수련하다가, 이 밝고 깨끗한 마나로만은 서클을 이룰 수 없음을 점점 깨달았다.

마나가 너무 가볍고 톡톡 튀어 안착하는 데 어려움이 있었다.

그래서 아주 미량의 회색빛 마나를 같이 흡수하기로 결정하였다.

마나에 대한 이해가 많아지면서, 음식과 같이 흡수하는 방법의 비효율성도 깨닫게 되었다.

'어떻게 마나를 효율적으로 흡수할 수 있을까?

나는 마법과 마나를 모으는 방법을 연구하기 시작했다.

드래곤 하트를 그냥 공기 중에 방치하면, 마나는 흩어지는 성질을 가지고 있다.

이를 이용하면 어찌 될 것 같기도 했다.

대마법사 자크 에반튼이 남긴 기록에 의하면, 원래 마나는 대기 가운데 충만한 것이었다.

마나가 거의 없는 이곳에서는 대기 중에 있는 마나를 얻기가 불가능하다.

그러나 마나는 음식이 결코 아니다.

마나는 생명을 이루게 하는 근원적 요소 가운데 하나였다.

지구에서 만물을 이루는 요소는 물론 그 자크 에반튼의 세계와 다르다.

마나 흡수는 대기 가운데서 하는 게 가장 좋다.

나는 히말라야 눈 처마에 빠진 후 죽어 가면서, 크레바스의 틈새에서 비추었던 노란빛, 생명의 빛을 바라보았었다.

그때 그 빛을 보는 것만으로도 얼어 가던 몸이 생기를 되찾

왔다.

이는 마나의 본질이 무엇인지를 알려준다.

마나는 대기 가운데 있어야 함을, 그때의 사건을 다시 생각해 보자 알게 되었다.

'아, 어떻게 하나?

여전히 고민됐다.

천하의 명검을 가지고 있다고, 저절로 무공의 고수가 되지는 않는다.

검을 잘 다루지 못하는 상태에서는, 검이 날카로울수록 오히려 자신에게 해를 끼칠 수도 있는 법이다.

잘못 휘두르면 원하지 않는 결과가 나올 수도 있다.

강력한 힘은 그 힘을 가진 자나 그 힘에 당하는 자 모두에게 양날의 검이 된다.

그래도 이게 어딘가?

드래곤 하트를 정제할 수 있으니, 습득이야 여러 방법으로 시도해 보면 된다. 비효율적이지만 지금도 마나를 얻고 있지 않은가?

오후가 되어 장세창 프로듀서로부터 나미와 진미의 일로 이야기를 하고 싶다는 연락이 왔다.

나는 논현동에 있는 그의 사무실로 갔다.

"반갑습니다."

"어서 오십시오."

반백의 머리가 중후한 인상을 풍기는 그의 모습을 보며, 나는 자리에 앉았다.

"진미와 나미에 대해 의논을 좀 했으면 합니다."

"아이들에게 문제가 있습니까?"

"하하, 그런 일이 아니니 걱정하지 마십시오. 아이들은 잘하고 있어요. 사실 그동안 고민은, 나미가 노래를 녹음해 보면 현장감이 잘 살지 않은 것이었습니다. 바로 옆에서 듣는 것과는 상당히 달랐습니다. 어지간한 가수들도 다 그런데, 나미의 경우는 좀 심했습니다. 후후, 의외로 진미가 녹음해 보면 더 나았을 정도였으니까요. 이제 어느 정도 그 문제가 해결되었습니다."

"아, 그렇군요. 몰랐었습니다."

"알 수가 없지요. 인간의 귀는 생각보다 부정확하니까요. 들어 보시겠어요?"

장세창 PD는 녹음되었던 초기의 나미의 노래를 들려준 후, 얼마 전에 녹음한 것을 틀어주었다.

확실히 처음 노래와 두 번째 노래는 미묘한 차이가 있었다.

기계를 통해 음성을 녹음하기에, 귀로 듣는 것과는 사뭇 다를 수 있음을 처음 알았다.

"아이들의 싱글 앨범을 만들어 발표했으면 좋겠는데, 어떻게 생각하십니까?"

"벌써 데뷔를 합니까?"

"사실 나미와 진미는 처음부터 조금만 다듬으면 될 정도였으니 어렵지 않습니다. 싱글 앨범은 만드는 데 많은 돈이 드는 것도 아니고 하니, 아이들의 스타성을 한번 테스트해 보는 것은 어떻습니까?"

"하지만 아이들은 이제 겨우 중 3인데요. 빨리 데뷔하면 저는 좋지만, 그래도 너무 빠른 것 같습니다."

"그런 문제도 있긴 하군요. 하지만 하춘화 씨는 6살에 데뷔를 했고, 요즘 아이돌 데뷔 나이도 점점 빨라지고 있는 추세입니다."

"그렇게나 아이들이 잘합니까?"

"허허, 네. 잘합니다."

흐뭇하게 웃는 장세창 PD의 얼굴을 보며, 나는 나직하게 한숨을 쉬었다.

일찍 데뷔를 하면 나야 좋지만, 그래도 아이들의 나이가 너무 어렸다.

아이들이 고등학교는 졸업하고 연예계에 발을 들여놓았으면 하는 내심이었다.

"일단 부모님들하고도 상의를 해봐야겠군요. 무엇보다도 그분들의 의사가 가장 중요하니까요."

"네, 그렇겠지요."

"만약 데뷔를 한다면 어떻게 활동하나요?"

"그것은 기획사에서 알아서 하는데, 대체적으로 팀을 만들어서 하지요. 나미와 진미는 둘이서 같이 데뷔를 해도 되고, 한 명 정도를 더 영입해서 아이돌 그룹을 만들 수 있지요."

나는 장세창 PD의 제안이 당황스러웠지만, 괜한 소리를 하지 않는 분이라는 이야기를 주위 사람들에게 들어 알고 있었기에 충분히 생각해 봐야 할 것 같았다.

노래 실력이야 처음부터 워낙 좋았기에 데뷔를 해도 된다지만, 아직 노래를 제외한 그 어떤 부분도 연예인이 될 준비가 되어 있지 않았다.

정말 연예인이 된다면, 롱런을 할 수 있는 그런 소양을 갖추고 시작을 해야 한다.

둑이 무너지는 것은 사소함에서부터 시작될 수 있으니 말이다.

아이들이 원해서 연예인으로 키우는 데 동참했지만, 개인적으로 너무 어린 나이의 데뷔는 반대다.

나는 사실 아이들의 데뷔보다는 주식에 더 많은 신경을 쓰고 있었다.

생각지 않게 마나를 얻는 방법을 아는 데에 많은 돈이 들지는 않았지만, 이를 위해 이미 매입한 주식을 갑자기 되팔기도 그랬다.

노무현 대통령 후보의 대선 주식은 부침을 하면서도 꾸준히 올랐다.

막판에 갈수록 그 폭이 커지고 있었다.

나는 웃기게도 단타에 동참했다.

오르면 팔고 내리면 다시 되사는 방법으로, 적지 않은 수익을 챙기고 있었다. 벌써 9억이 12억이라는 돈으로 늘어났다.

신기하게도 어느 날부터 나에게 주식의 흐름이 보이기 시작했다.

그래프를 보는 것만으로도 그 주식이 내릴 것인지 오를 것인지 알 수 있었다.

그래서 이런 일이 가능했다. 물론 모두 맞지는 않았지만, 열 개 중에 8개는 맞았다.

대부분의 주식이 상승장에서는 개별 주식도 70~80%가 올랐고 하강장에서도 마찬가지였다.

대세를 읽으면 개별 주식의 흐름은 자연 눈에 들어왔다.

일명 '잡주'라는 언제 부도가 날지 모르는 주식은 이러한 전체 장세와 따로 움직이는 경향이 있었지만, 주식들은 순환하면서 오르고 내렸다.

금융주가 강세인 날이 있는가 하면, 전기 전자 주가가 오르는 날도 있었다. 번갈아 가면서 오르고 내렸다.

주식 시장이 견고한 상승의 흐름을 유지하고 있었기에, 나는 매도와 매입은 과감하게 할 수 있었다.

주식 거래를 하면 할수록 성공률은 올라갔다.

경험은 더욱 나의 판단력을 날카롭게 만들었으며, 남들보다 한 발짝 일찍 팔고 사는 것만으로도 수익률은 엄청났다.

하지만 나는 알고 있었다.

단타로는 큰 부자가 되지 못한다는 것을.

오히려 한순간에 실수를 하면 돌이키지 못하는 일도 벌어질 수 있다는 것을.

나는 일단 회사 경영에 대해 자신이 없었기에, 주식을 더 연구해 보기로 했다.

워렌 버핏처럼 되고 싶은 마음이 없지는 않았다.

그가 말했듯 남의 장점을 따라 해서 내 것으로 만들면 되지 않는가?

그는 초기에 주식을 사고파는 일체의 일을 비밀로 했고, 남들이 자기의 투자 방법을 알게 될까 염려했었다.

하지만 사과를 사서 되파는 방법은 그다지 많지 않듯이 주식도 마찬가지다.

수없이 많은 사람이 주식에 실패하는 이유는 단 하나다.

인내심의 결여다.

좋은 주식을 가지고 있으면 언젠가는 올라가지만, 그때까지 참지를 못한다.

사고팔고를 되풀이하다 보면, 어느 순간 평정심을 잃어버리게 된다.

결국 주식에서 대부분의 사람들이 손해를 본다.

즉, 대부분의 사람과 반대로 매매를 하면 벌 수 있다는 말이다.

주식 거래를 너무 자주하면 증권사만 좋은 일 시킨다.

사실 나는 아이들에게 신경을 쓸 만큼 마음의 여유가 없었다.

이제 대선의 막바지를 향해 치닫고 있었다.

하지만 아이들의 장래는 그 모든 것보다 더 중용하지 않은가?

일단 내가 그 아이들을 맡았으니 말이다.

'하아, 아이들을 위한다고 한 일이, 내 발목을 붙잡는 것인가?

일단 아이들의 부모님들을 만나 뵙고, 그분들의 의견을 먼저 듣는 것이 순서였다.

아이들이 데뷔를 하면 부모님 중 한 분이 일정을 같이 소화하는 것도 괜찮았다.

아이들이 너무 어렸기에 매니저에게 모두를 맡기기 조금 불안했다.

이 아이들이 세상을 바꿀 수 있을까?

확신은 들지 않지만, 내가 받은 그 감동을 다른 사람도 받게 된다면 그것으로 족했다.

나는 묵묵히 나아가면 된다. 조금 느리더라도 흔들리지 않고 나아가면, 언젠가 나는 정상에 서 있을 것이다.

또, 그렇지 않다고 해도 괜찮았다.

두 번째 사는 나의 인생은 지금만으로도 저번 생보다는 충분히 좋았으니 말이다.

9장

수급
법칙

망산 금융에서 마침내 백기를 들었다.

당연히 사법 절차를 밟아야 할 일이었지만, 망산 금융에서는 온갖 로비를 하고 있었다.

금융기관이 고객을 상대로 사기를 쳤으니 검찰의 조사와는 별도로 금융감독원의 조사도 받고 있는 상태였다.

영업 정지를 당하는 것은 기정사실이었지만, 망산 금융에서는 이를 피하려고 정치권에 엄청난 로비를 하는 중이었다.

그런데 국민적 여론이 하도 좋지 않다 보니, 일단 서해 주물과의 합의가 급선무였다.

이제야 시간을 끌면 끌수록 자신들에게 불리해진다는 것을 알았다.

　같은 재벌이라도 재계 1위의 S그룹은 그나마 여론에 민감한 편인데, 로타 그룹은 그렇지도 않았다.

　하지만 망산 금융이 피해 보상금으로 주겠다는 금액이 고작 2억 원에 지나지 않았다.

　나는 이놈들의 머리 구조를 해부해 보고 싶은 마음이 들었다.

　남의 회사를 비열한 서류 조작으로 먹어버리려던 그 작태를 벌이고서, 고작 그 돈으로 입막음을 하려고 하는 행동이 괘심했다.

　나는 만산 금융에서 나온 야비하게 생긴 남자의 얼굴을 바라보았다. 눈이 날카롭게 옆으로 찢어졌고 입술이 얄팍하였다.

　"그러니까, 2억 원으로 합의해 달라고요?"

　"그렇습니다. 서해 주물이 본 피해는 없지 않습니까?"

　어이가 없었다. 이놈들은 정말 몰라도 너무 몰랐다.

　무식해서 세상을 참 편하게 살아가는 놈들인데, 이놈들이 잘나가는 재벌이라는 것이 믿어지지 않는다.

　"망산 금융은 그냥 영업 정지 당하고, 책임자는 국가에서 제공하는 밥을 좀 먹다 나오시라고 하십시오."

"이렇게 나오면 좋은 꼴을 보지 못할 겁니다."

"협박하시는 겁니까?"

"그렇다고도 할 수 있죠."

"뭐, 뭐라고? 당, 당신 말 다했어?"

아버님은 남자의 말에 아주 화를 내며 흥분했다.

나는 아버님을 진정시키며 남자가 자신에게 불리한 발언을 하도록 유도하였다.

"힘이 굉장하신가 봅니다. 지금 검찰의 조사를 받고 있는 줄 알고 있는데 말입니다."

"그것은 우리가 알아서 합니다."

"뇌물을 뿌린다는 말씀이시군요."

"그렇다고는… 아닙니다."

"그렇지 않으면 우리가 합의를 해주지 않아도 달라질 것이 없는데, 이러시는 이유가 뭡니까?"

"꼭 그렇지는 않습니다. 그리고 서해 주물은 직접적인 피해를 받지 않았으니, 재판에 이긴다고 하더라도 보상을 받을 수는 없습니다."

"괜찮습니다. 대한민국에 당신들 같은 쓰레기가 있다고 국민들에게 알린 것으로만 해도 충분합니다. 당신들은 목적을 이루기 위해 협박을 하고, 그것도 모자라 내부자와 공모해서 허위 주문으로 물건을 만들게 한 뒤 취소했습니다. 당신들의 모 기업인 로타 그룹 때문에 들어간 돈이 15억입니다. 이게 피해가 없는 것입니까? 로타 그룹에서 그런 짓을 했으니 당신들이 나서서 마무리하려다가, 인감도장도 확인하지 않고 대출해 줬다는 서류를 작성하지 않았습니까? 돈도 많은 회사가 이렇게까지 비열한 짓을 해서야, 국민들이 당신들이 만든 아이스크림을 사 먹을 수 있겠습니까?"

"말이 지나치십니다. 우리가 힘이 없어서 이렇게 사정하러 온 줄 아십니까? 그냥 좋게 끝내자는 것인데… 두고 보십시오."

녀석은 공갈협박을 하고는 사라졌다.

나는 어이가 벙벙할 뿐이었다.

조폭들 세계에도 그들만이 지키는 룰이 있다고 하는데, 이놈들은 기업을 하면서도 룰을 어기는 것을 당연시한다.

나는 스파이 캠코더로 찍은 내용을 적절하게 편집하여 인터넷에 올릴 타이밍을 계산했다.

놈들은 자신이 한 일들이 이렇게 녹화되고 있는 줄 모를 것이다. 폭로도 좋지만 조심스럽게 해야 한다. 이놈들은 조폭과 연계된 기업이니.

점심시간이 되어 나는 아버님과 식사를 하고 돌아왔다.

그런데 시민 단체에서 나온 사람이 우리를 기다리고 있었다. 전혀 생각하지도 못한 일이었다.

"안녕하십니까? 백범 연구소의 장백천입니다."

"백범 연구소요?"

시민 단체라고 하는데 무슨 연구소인가?

나의 의아한 표정을 보았는지 장백천 씨가 웃으며 명함을 준다. 백범 연구소 장백천 연구원은 백범 연구소의 유래를 잠시 설명해 주었다.

백범 연구소는 사실 백범 김구와는 아무 관계가 없다.

일제 강점기에 친일을 하여 돈을 번 박범신이, 자신의 삶을 후회하며 유언을 했다.

자손들은 그의 유언을 기려 뜻있는 일을 하기 시작했는데, 그중 일부가 바로 백범 연구소였다.

우리 사회의 부의 균형을 바로 잡는 일을 주로 하는데 ,친일 기업의 비리를 조사하여 기록하는 일도 한다고 했다.

우리나라의 불행은 친일해서 부를 축척한 이들이 사회의 기득권층을 형성하면서 사회의 구조가 비틀어진 것에 있다고 그들은 보고 있었다.

"로타 그룹은 모태가 '산요리에' 라는 일본 그룹입니다. 우리 국민은 이런 사실을 전혀 모르지요. 철저하게 은폐를 하고 언론을 통제하니까 가능했죠. 요즘은 인터넷 매체가 발달하여 완전한 정보의 통제가 힘드니, 이번 서해 주물의 사건이 국민들에게 알려진 것이죠. 저희 백범 연구소는 로타 그룹의 해체를 목표로 움직이고 있습니다. 친일 기업 가운데 가장 질이 안 좋은 케이스입니다."

나는 장백천 연구원의 이야기를 가만히 듣고만 있었다. 그리고 이 땅에 친일 기업이 의외로 많다는 사실에 놀랐다.

1910년 우리나라는 일본에 합방되었고, 해방되기까지 35년이나 걸렸다.

처음에 항일 투쟁을 했던 인사나 의사들도, 계속된 일본의 탄압과 길어진 일제의 통치에 그 뜨거운 의기를 잃어버리게 되었다.

그건 그렇다고 해도, 장백천 씨의 말에 의하면 로타 그룹의 창업주인 신창원은 우리나라의 경제 구조를 비튼 전형적인 악질 기업이었다.

백범 연구소가 문제를 삼는 기업은 단순하게 친일의 유무가 아니라, 나라의 해를 어떻게 끼쳤는가에 주안점을 두었다.

"우리가 어떻게 해 드렸으면 하시죠?"

"저희는 시민 단체입니다. 로타 그룹과의 소송에 참여할 수 있게 해주십시오."

"우리는 변호사를 고용했습니다. 그런데……."

"우리가 주도적으로 재판에 관여하겠다는 것은 아닙니다. 재판 과정의 방청 및 자료의 열람을 원합니다."

"……."

"좋소이다. 그럽시다."

아버님은 내가 망설이자 나서서 허락을 했다.

그는 자신이 겪은 일의 부조리함을 누구보다 뼈저리게 깨달았으니, 흔쾌히 허락을 한 듯했다.

"자료의 부당한 이용은 용납하지 않습니다. 반드시 허락을 받고 사용하셔야 합니다. 그리고 재판이 끝날 때까지는 비밀을 준수해 주시기를 바랍니다."

"그야 물론이지요."

시민 단체라 해서 다 정의로운 사람들은 아니다.

그들이라고 해서 땅 파서 일을 하지는 않기에, 자본을 대어 주는 사람의 눈치를 봐야 한다. 백범 연구소의 장백천 씨의 말을 그대로 다 믿는다면 순진한 것이다.

시민운동을 한 사람들 중 상당한 사람들이 후에 정치권으로 진출하거나, 시민 단체의 힘을 이용하여 자신의 욕심을 채운다.

2년 전인 2000년도에 녹색 연합 사무총장을 지낸 시민운동가 장 모 씨가, 미성년 여대생 성추행 혐의로 긴급 체포된 일이 있었다.

본인은 술이 취해 아내로 착각했다고 진술했다.

인간은 누구나 비슷비슷하다.

시민운동을 한다고 천사와 같은 성품을 가진 것은 아니라는 이야기다. 그리고 지금은 시민 단체도 권력으로 통하는 시대가 되었다.

　기업들도 이들의 요구를 일방적으로 무시할 수 없을 만큼
권력을 가지고 있다.

　보이지 않는 권력으로 언론과 시민 단체를 들 수 있다.

　언론은 그 막강한 힘을 바탕으로 무지막지한 권력을 휘두
른다. 특히 지방의 군소 신문사들은 그 정도가 심하다.

　자기들 마음대로 취재를 해서 싣고는, 광고를 요청하면 어
쩔 수 없이 지면 광고를 해야 한다.

　지면 광고를 거절하면 그 보복은 감당할 수 없는 게 언론이
다. 시민 단체는 비협조적인 기업을 타깃으로 물고 늘어지면
여간 불편한 것이 아니다.

　일부 시민 단체는 1년에 수백 억의 기부금을 받기도 한다.

　기업으로서는 보험을 드는 셈치고 돈을 기부하는 것이다.

＊　　　＊　　　＊

　나는 저녁이 되어 집으로 돌아왔다.

　마나 수련을 하고 다음 날 아침에 커피숍으로 출근하였다.

　카페모네의 새로운 매장이 인근에 생겼다.

　나는 어이가 없었다.

　계약서에 명시된 500미터 이내에 동일 체인점을 들여 놓지

않겠다는 말도 지켜 주지 않았다.

처음 계약서를 작성할 때 이 항목을 강력하게 요구했었다.

나는 바로 회사에 내용 증명을 보내고 소송을 걸었다.

아니, 종이컵 하나에도 돈을 무지막지하게 받아먹는 놈들이 지켜 줄 것은 지켜야 한다고 생각했다.

이럴 줄 알고 그 항목을 넣었다.

사업에 실패한 후 소심해져서 계약서를 작성할 때 아주 세밀하게 기록하는 습관이 생겼다.

원래 체인점이 회사만 돈을 버는 구조임을 알고 있었지만, 이건 상식도 상도도 저버린 짓이다.

내가 아무리 돈을 벌기 위해 커피숍을 운영하지는 않지만, 이런 부당한 일을 당하고서도 참을 수는 없다.

비록 망해 먹기는 했지만 두 번이나 사업을 하지 않았던가? 처음 말아먹은 사업에 10억이 투자됐고, 두 번째는 무려 50억이나 투자했던 사업이다.

커피숍을 여는 데 3억 가까이 들었는데, 인테리어 하느라 받아먹고 간판에 씌운 바가지도 알고서 넘어갔다.

그런데 이건 뭐 말이 안 나올 정도로 한심한 처사였다.

오후에는 나미와 진미의 부모님을 만나 장세창 PD의 이야기를 전해 주었다.

두 부모님들은 나의 말을 모두 심각하게 받아들였다.

실력이 좋다는 말에 기분 좋아하셨지만, 아직은 아이들이 너무 어려서 걱정이었다.

　"이렇게 하셔도 됩니다. 싱글 앨범의 의미 자체가 간을 보는 것이니 앨범을 내고 본격적인 활동은 하지 않고 그냥 곡을 발표는 하되 얼굴 없는 가수를 합니다. 그리고 부득이하게 활동을 하게 된다면, 어머님 중의 한 분이 아이들을 따라서 케어해 주는 것입니다."

　"흐음……."

　"……"

　나미의 어머니인 최정윤 씨는 오히려 아이들의 데뷔를 은근히 반기시는 눈치다.

　만약 아이들이 활동하게 되면 자신이 뒤를 따라다니며 일을 하겠다고 하셔서, 일단 장세창 PD의 말대로 곡을 녹음하기로 했다.

　아이들은 곡이 나온다는 말에 흥분을 했다. 아니, 광분했다. 나미가 커피숍을 뛰어다녔다. 그 뒤를 베티가 따라다녔다.

　원래 이 커피숍에 강아지 한 마리가 있는 것을 손님들 모두 알고는 있지만, 강아지가 워낙 크니 이렇게 뛰어다니면 곤란했다.

　"베티, NO!"

　내가 소리치자 베티가 '멍!' 하고 짖었다.

"NO!"

"끼이잉, 낑."

베티가 꼬리를 내리고 한쪽 구석에 앉았다.

베티는 생각보다 영리해 매장에 있어도 손님들에게 위압감을 주지 않으니, 그것은 좋았다. 그래서 가끔 지금처럼 목줄을 하지 않고 풀어 놓는 날이 있었다.

위이잉.

청소 로봇이 베티가 뛰어다닌 곳을 따라 움직이며 청소를 한다.

손님이 있는 곳에서는 직원이 컨트롤을 하여 불편을 최소화한다.

손님들은 베티와 아이들의 모습을 보고 미소를 짓는다.

이 커피숍의 명물은 바로 소연이와 강아지 베티였다. 이 둘을 보려고 일부러 멀리서 오시는 분들도 간혹 계셨다.

나미와 진미의 데뷔를 위해 팀 이름과 아이들 예명을 짓는 일도 해야 했다.

뭐 어차피 시간이 많이 남았으니 천천히 짓기로 했다. 아이들도 이름을 짓느라 제 딴에는 머리를 굴린다.

장세창 PD의 곡을 나도 한 번 보았는데 굉장히 좋았다.

아끼고 아낀 곡을 녀석들을 위해 내어주시는 듯했다.

평소 아이들의 애교에 아빠 같은 미소를 지으시더니, 아예 완전히 넘어가신 듯했다.

잠시 후에는 늦게 연락을 받았던 진미가 와서 나미와 같이 기뻐했다.

나는 그들을 보며 한숨을 내쉬었다. 연예인이 되는 것은 보기보다 힘든 일이다.

나는 연예인으로 성장하기 위한 기본적인 소양을 개발시켜 주기 위해서, SN 엔터테인먼트의 김승우 대표와 만나 의견을 교환했다. 그 역시 아이들의 이른 데뷔에 놀라워했다.

"이렇게 빠를 줄 알았으면 우리가 키우는 것인데… 하하하, 축하하네."

"감사합니다."

나는 지금이라도 김민우 대표가 아이들을 원하면 넘겨줄 의사가 있었지만, 여전히 아직 여력이 없다고 한다.

게다가 아이들이 나와 친해져서인지 다른 기획사로 가기를 원하지 않았다.

어쩔 수 없이 앞으로도 내가 아이들을 돌보아야 할 것 같았다. 아이들이 데뷔를 하면 장만옥 매니저 한 명으로는 곤란하기에 이것도 문제였다.

알고는 있었지만 연예인 하나 만드는 데 들어가는 손이 무척이나 많았다.

그러나 뭐 예상을 한 일이니 묵묵히 감당할 수밖에.

＊　　　＊　　　＊

10월이 넘어가면서 나는 주식으로 대박을 맞이하였다.

막판에 노무현 후보의 주식이 발동이 걸렸다. 벌써 상한가를 세 번이나 치고, 잠시 밀리다가 다시 가격 제한 폭 가까이 올랐다.

4개월 전에 사 둔 주식이 대박 행진을 계속한다.

애초의 예상과 달리 노무현 후보의 지지율도 가파르게 오르고 있었다.

그에 따라 내가 가진 주식도 하늘 높은 줄 모르고 올랐다.

올라도 너무 올라 팔까 하는 생각을 가졌지만, 나의 직감은 아직 아니라고 말했다.

이틀 후에야 나는 주식을 다 팔아치웠다.

9억의 주식이 무려 23억이 되었다.

두 배 이상 올랐다.

하긴 IMF 때 삼성 전자의 주식이 평균 4~5만 원에 머물렀던 것을 기억하면, 대선 주가 2배는 놀랄 일이 아니었다.

하지만 너무 욕심을 부리는 사람은 상투에서 물려 엄청난 손해를 보게 될 것이다.

나는 대선주를 미리 매집을 하지 못하고 많이 오른 상태에서 따라잡았기에, 초기에 매집한 사람들보다는 수익률이 무척이나 낮았다.

그러나 내가 주식을 처분하고 나자 주식이 곤두박질을 쳤다. 거의 가격 제한 폭까지 떨어지는 주식을 보며 섬뜩하면서도 안도의 한숨을 내쉬었다.

미리 팔기는 했지만 엄청난 폭락이었다.

아마도 1차 매집했던 작전 세력이 저가로 산 물량을 털어내는 것 같았다.

나는 다시 조심스럽게 그래프를 보며 물량을 매집했다.

그리고 3일 후에 되팔았다.

23억이 27억이 되었다.

돈 놓고 돈 먹기였는데, 사실 투기라고 말해도 좋을 정도로 너무나 위험한 투자였다.

하면서도 너무나 집중해서 머리가 아플 지경이었다.

아, 이래서 워렌 버핏이 가치주에 투자를 하는구나 싶었다.

기업의 가치보다 싼 주식은 사실 더 내려가기도 힘들다. 이것만큼 마음 편한 투자가 어디 있을까?

더 이상 대선주를 매입하기에는 내가 가진 돈도 적은 편이아니었고, 게다가 위험했다.

개별 주식들이 어떻게 움직이는지 모르는 내가, 단순하게 그래프를 보며 직감 하나로 투자하기에는 이미 그들 주가가 너무 올라간 상태였다.

반면 이회창 후보의 대선주들은 조금도 멈추지 않고 연신 올라가고 있었다.

사람들은 노무현 후보의 선전에도 불구하고, 이회창 후보가 더 가능성이 높다고 보았다.

나는 곧 절벽에서 떨어질 그 주식들을 보며, 문득 이 주식들 가운데 혹시 공매도가 가능한 것이 있는지 알아보았다.

대부분의 주식은 불가능하였지만 대형주 하나가 가능했다. 대선주이면서도 물량이 너무 커, 작전 세력이 등한히 한 주식이기도 했다.

2000년 5월 이후 공매도는 금지됐으나, 결제 불이행 위험이 없는 경우는 예외적으로 허용된다.

증권사 상품에서 신용 거래를 할 경우나 차익 거래에서 잔고만큼 매도할 경우에는 허용된다.

나는 차익 거래의 잔고에 해당되는 금액 모두 공매도를 했다. 위험이 컸지만 모험을 해볼 만했다.

나는 결과를 알지 않는가, 이회장 후보가 실패한다는 것을.

12월 18일에 증거금을 넣고 그에 해당하는 금액을 모두 매도해 버렸다.

이제 3일 이내 사면 된다. 공매도는 주가가 내려갈 것이라고 생각할 때 단기 이익을 바라고 하는 투자 방식 중 하나다.

대주 방식이라고도 하는데, 증권사로부터 3일간 빌리는 형식이다.

이것이 가능한 이유는 주식의 거래가 3일 후에 결제가 되기 때문이다.

즉, 일단 주식을 원하는 날에 팔고, 다시 3일 안에 되사서 주식을 채우면 된다.

이 주식이 얼마나 내려갈지 모르지만, 내심 폭락하기만을 바랄 뿐이었다.

나는 아직 선물 옵션에는 손대지 못하고 있었다.

조금 더 주식에 대해서 알고 시작해도 늦지 않다고 보기 때문이다.

파생 상품 자체가 원래 어렵고 위험도가 높기 때문에, 비전문가가 쉽게 뛰어들 수 있는 분야는 아니다.

그리고 대선주만으로도 아직은 만족스러운 수익을 거두고 있었기 때문에 무리를 할 필요가 전혀 없었다.

나는 망산 금융의 그 이상한 놈이 마음에 걸렸다.

그래서 경호 회사에 연락을 해 장인어른 되실 분의 경호를 요청했다.

현주의 경호도 더불어 강화했다. 그렇게 했음에도 며칠 후에 아버님이 린치를 당해 병원에 입원하셨다는 이야기를 들었다.

'하아, 이거 뭐 너무 대담무쌍해서 말이 안 나오는군.'

나는 병원으로 달려가면서 이놈들을 어떻게 할까 고민했다. 조폭은 아무리 지워도 전혀 소용이 없다.

그들은 하수인에 지나지 않고, 이 땅엔 조폭은 많았으며, 조폭이 되려고 기다리는 건달과 양아치도 적지 않다.

'너희가 도발하면 그에 상응한 반응을 보여 주도록 하지.'

나는 로타 그룹의 머리를 칠 생각을 했다.

살무사가 아무리 독해도 땅꾼이 목을 움켜잡으면 꼼짝을 못 하듯, 조폭들을 아무리 징계해 봐야 소용없다.

그놈들을 움직이는 머리를 쳐야 한다.

나는 문득 내가 무슨 생각을 하고 있는지, 손으로 뺨을 살짝 치며 정신을 차렸다.

아, 나는 무엇을 하려고 하나?

힘이 없었다면 감히 생각하지도 못했을 일을 이제 서슴없이 하려고 한다.

나는 무척 조심스러웠다. 하지만 그렇다고 참고 있기에는 너무 분했다.

나같이 술에 물 탄 듯 사는 사람도 당하면 은근히 악이 생긴다.

사람을 어떻게 보았기에 이렇게 나오는 것인가, 하고 생각하면 분노가 치밀어 올라 도저히 참기 힘들었다.

특히 백범 연구소 장백천 씨의 말을 듣지 않았다면 몰라도, 이 쓰레기 오물 덩어리들이 하는 짓을 도저히 용납할 수 없었다.

'너희도 무서운 꼴을 봐야 한다.'

그러나 어떻게 해야 하나?

나는 운전을 하면서 내 바로 앞차를 노려보았다.

정신을 차리려 해도 화가 났다.

병원에 도착하여 누워 있는 아버님을 보자 더 화가 났다.

나는 아직도 광포한 레드 드래곤의 저주에서 벗어나지 못했다. 나는 흥분된 마음을 가라앉히고, 병실의 경호하는 이들에게 물었다.

"어떻게 된 것입니까?"

"잠시 자리를 비운 틈을 타 노린 것 같습니다. 죄송합니다."

"음......."

경호 회사의 실수도 있었지만, 노리고 덤벼든 녀석들이라면 아무리 경호원들이 주의를 해도 언젠가는 당할 일이었다.

다행히 경호원이 빨리 돌아왔기에, 히트맨이 제대로 일을 마치지 못하고 도망가 목숨을 구했다고 한다.

단순한 위협에 불과할 것이라는 생각이 빗나가고, 실제로 살인을 하려고 했다.

'이놈들은 화성에서 사는 놈들인가?'

아버지의 곁에서 간호를 하고 있던 현주가 나를 보며 눈물을 글썽인다.

"의사 선생님이 뭐라고 하셔?"

"다행히 별 이상이 없을 거래요. 칼에 찔리자마자 병원에 왔고, 응급 수술을 해서 생명에는 지장이 없대요."

"천만다행이다."

"흑……."

현주가 눈물을 참지 못하고 흘린다.

나는 그 모습을 그냥 말없이 지켜보았다.

이렇게 아무 잘못도 없는 사람들이 힘이 없다는 단순한 이유로 당해야 한다는 사실이 서글펐다.

사실 아버님은 돈도 사회적 신분도 어느 정도 있어 대한민국의 평균 이상인데도 이런 일을 당했다.

악마.

내가 보기에 그들은 악마였다.

어떻게 이런 일로 사람의 목숨을 노린단 말인가?

자기들이 음모를 꾸몄다가 폭로되어 어려움을 겪고 있을 뿐이었다.

그런데 이게 뭐란 말인가?

나는 그날 저녁 준비를 마치고 어둠을 틈타 로타 그룹 회장 신인만의 집에 침투했다. 프레벨을 소환하여, 그대로 담을 뛰어넘어 창문으로 침입했다.

　창문이 깨지면 경보 장치에 걸리기에 조심스럽게 언락 마법을 건 다음, 사이런스 마법으로 창문을 열고 신인만의 침실로 들어갔다.

　그와 그의 부인으로 보이는 여자를 슬립 마법으로 재우고, 그의 방을 뒤졌다.

　'호오.'

나는 그의 방에서 거대한 금고를 발견했다.

"일렉트릭 쇼크."

전자 금고가 부서지고 나는 수동으로 금고를 열었다. 수많은 보석과 금괴, 그리고 달러가 있었다.

돈이 많은 놈들이라는 것을 알고는 있었지만, 집에 이렇게 현금을 쌓아두고 있을 줄은 전혀 몰랐다.

나는 그것들을 가볍게 나의 아공간에 집어넣었다.

이건 뭐 전문 털이범이 된 느낌이었다.

나는 수건으로 신인만의 눈을 가리고는 그를 깨웠다.

"누구냐?"

"소리를 지르면 바로 당신의 목을 따 버릴 것입니다. 요기 경동맥은 볼펜으로 찔러도 죽을 수 있습니다. 아시겠습니까?"

"알… 알았다."

"말이 짧은 걸 보니 죽고 싶은 모양이군. 네놈 죽이는 것은 일도 아니야. 아무도 모르게 들어왔으니, 나가는 것도 어렵지 않아. 너를 죽이게 되면 네놈의 아내도 죽어야 해. 이곳에 있는 네놈의 자식들은 물론, 일본에서 유학하고 있는 손자 놈도 죽일 거야. 너와 관계된 모든 자는 다 죽을 거야. 그러니 알아서 해. 사람 죽이는 것은 유쾌하지 않지만, 네놈 같은 인간 말종은 죄책감 없이 살인할 수 있을 것 같으니 말이야. 알겠소?"

"알… 알았소."

"내가 가면 당신은 경비 경호를 더 높이겠지. 그렇게 해도 좋아. 내가 다시 방문하면 이 집에 있는 모든 자는 죽는다. 그리고 네놈의 자식들과 손자들도 다 죽인다. 알았나?"

"알았습니다."

"망산 금융을 처분하고 그 돈을 모두 사회에 기부해라."

"알겠… 습니다."

"난 자비로운 사람이 아니다. 그러니 시험을 하면 곤란해. 그래서 네놈의 한쪽 팔을 가져가겠다."

"…네?"

"네놈의 악행이 너무 심해. 조용히 살지 않으면 지옥을 경험하게 될 것이야."

나는 다크 나이트 세이버로 그의 손목을 잘랐다.

"크악."

"사일런스."

"……."

나는 피가 흘러내리는 손목에 포션을 조금 발라주었다.

피가 멎으면서 그는 고통과 충격으로 기절했다.

나는 나 같이 소심한 인간이 이렇게 직접 징벌자로 나서는 현실이 서글펐다.

그의 방에서 수많은 보석과 돈을 챙겼지만 하나도 기쁘지 않았다.

돈은 시간이 좀 걸리겠지만, 언제든 벌 자신이 있었다.

주식으로 버는 돈도 제법 있었고 커피숍도 잘되고 있었다.

무슨 호강하고 살 마음도 별로 없었고 그저 사랑하는 부모님과 현주와 함께 알콩달콩 살면 그걸로 그만이다.

전생에서 한 번 죽을 결심을 해보니 사는 것이 별것 아니라는 생각이 들었다.

회한을 가지고 눈물을 흘리기보다는 욕심을 버리고 작은 것에 행복을 느끼는 편이 좋다.

내년 8월경에 현대 아산의 회장인 정몽헌 회장이 투신자살한다. 돈이 없어서 하는 자살은 아니다. 그러니 나의 돈을 벌려는 노력도 돈 자체가 목적은 아니었다.

이것도 해보니 익숙해진다고, 조폭을 응징할 때는 무척이나 마음도 몸도 아팠는데 이번에는 아무렇지도 않았다.

이래서는 안 되는데 아공간 마르트라 오셀로에 쌓인 돈들을 보면 처음과 달리 흐뭇해지는 것이, 내가 참 한심했다.

상대가 나쁜 놈이든 그렇지 않든 도둑질임에도 불구하고 양심의 가책조차 느끼지 않으니, 나도 참 대책이 없다.

더 비참해지기 전에 이 돈들을 복지 단체에나 기아 단체에 기부하는 방법을 모색해 봐야 한다.

그런데 이게 참, 기부도 마음대로 못 하는 것이 내가 어느 날 엄청난 금액을 기부를 했다 치면 곤란한 일이 생길 수 있게 된다.

말 그대로 어디서 생긴 돈이냐, 세무 조사가 나오기라도 하면 금괴를 팔아 주식 자금을 만든 것마저 탄로가 날 수 있다.

그렇다고 아무 곳에나 현금을 던져두고 나오기도 그렇다.

내가 아공간에서 얻은 그 금괴를 뭐라 설명할 것인가?

길에서 주웠다 해도 믿지 않을 것이고. 그러니 당분간 몸을 사려야 할 처지였다.

좋은 일도 하는 방법과 시기가 따로 있는 듯하다.

나는 내 양심을 걸고 이렇게 부당하게 얻은 돈은 적절한 시기에 사회에 환원하리라 결심했다.

*   *   *

요즘의 나는 하는 것 없이 분주하기만 하다.

카페모네와 소송 중이기에 앞으로 커피를 자체적으로 구입해야 한다. 우리나라에서도 커피를 로스팅 하는 곳이 있다는 것을 예전부터 알고 있었다.

인터넷으로 보니 1kg에 2만 5천 원 정도 하였다.

소량 판매라 비싼지, 한 번 공장을 방문해 봐야 할 것 같았다. 공장은 일산에도 있고 강릉에도 있었다.

사실 커피의 로스팅 기술이 이제 거의 평준화되어 좋은 생두로 볶으면 거기서 거기다.

로스팅 기술이 부족했던 때야 스타벅스의 커피가 탁월했지만, 지금은 예민한 사람들만 그 미묘한 차이를 느낄 정도로 평준화되었다.

그러니 공장 몇 군데만 방문하고 시음을 해보면 바로 답이 나온다. 귀찮아서 체인점을 했지, 몰라서 어쩔 수 없이 한 것은 결코 아니었다.

커피를 좋아하는 내가 몸으로 뛰면 굳이 체인점을 운영할 필요가 없었다.

이참에 해주는 것 없이 간섭만 하는 본사와의 결별도 나쁘지 않다고 생각했다.

종이컵도 충무로 인쇄소 몇 군데 들려 기술자들에게 음료수나 몇 병 대접하면 어디서 만드는지, 어떻게 디자인하는지 정도는 다 가르쳐 준다.

심지어 컵만 가져가도 그 사이즈에 맞게 알아서 만들어 준다. 본사와 결별해도 전혀 문제가 되지 않는다.

전지나 매니저님과 오늘 일산에 가 보기로 했다.

삼 일 전 홈페이지에 나와 있는 전화번호로 연락을 해 약속을 잡고 공장을 방문하기로 했었다.

소송이 끝나기 전에는 다른 곳의 커피를 쓸 수 없지만, 공장에 들려 소량으로 구입 후 전 직원의 품평회를 가질 생각이었다.

일산의 공장에 들려 커피 맛을 보았다.

지금 사용하는 원두와 별 차이를 느끼지 못하였다.

체인점의 문제점은 초기에는 고급 커피를 사용하다가, 소문이 나고 체인점이 늘어나기 시작하면 초기의 품질을 유지하지 못한다는 데 있다.

물론 생산지의 상위 2%에 속하는 커피를 사용한다고는 하지만 그걸 곧이곧대로 믿기는 어렵다.

내가 사장이라고 해도 최고의 제품만 고집할 수는 없다. 전국에 있는 체인점에 모두 물건을 공급하려면 그 물량이 어마어마하기 때문이다.

내가 의도하지 않아도 어쩔 수 없이 그 밑의 제품을 사용해야 할 때가 있다.

한두 번 그렇게 하다 보면 굳이 그렇게 좋은 제품을 사용할 필요가 있나 하는 생각이 들게 마련이다.

알다시피 커피는 생산지의 작황이 나빠지면 어쩔 수 없이 상질이 수입되지 않을 때도 있다.

커피는 땅에서 나는 것이지 공장에서 찍어 내는 것이 아니기 때문이다. 여기 공장은 추출 온도를 내가 정할 수 있다는 좋은 점이 있었다.

추출 온도가 너무 높으면 쓴맛이 강해진다.

스타벅스는 높은 온도에서 로스팅을 하기에 맛이 강하다.

사실 스타벅스는 에스프레소나 아메리카노를 먹는 사람에게 그다지 좋은 커피는 아니다.

스타벅스의 장점은 믹스다.

강한 맛과 향을 기본으로 깔고, 거기에 스타벅스만의 여러 종류의 시럽이나 향을 첨가한 그 맛이 좋다.

원두는 중약 배전을 한 맛이 더 깨끗하고 연해서 좋다.

내가 좋아하는 커피는 사실 아프리카의 검은 눈물이다.

커피 농장에서 사람들은 노동력을 착취당한다. 제3세계의 그 어디에나 이런 일들이 비일비재하다.

커피 농장이 현대로 오면서 대형화되어 예전과 같은 가혹한 노동 착취는 줄어들었다지만, 노동 집약적 산업이라는 한계를 지녀 여전히 노동력이 착취되고 있는 것은 사실이다.

나는 어쩌면 아프리카의 눈물을 마시기 때문에 커피가 이렇게 향이 좋은지 모르겠다고 생각했다.

커피나무는 AD 600~800년 경 에티오피아 남서쪽 카파주에서 양을 치던 양치기가 발견하였다고 전한다.

양들이 근처에서 자라는 커피나무의 열매를 먹고 흥분하는 것을 본 양치기는 열매를 먹어 보았는데, 이 열매를 먹으면 기분이 좋아지고 잠이 깨는 것을 알았다고 한다.

아라비카는 원산지가 에디오피아로, 고산 지대에서 자라

며 병충해에 약하다. 반면 맛과 향이 좋다.

아라비카는 전 세계의 커피의 70%를 차지한다. 이와는 달리 저지대에서 자라는 로브스타는 브랜딩 커피나 커피 믹서로 사용되어진다.

커피나무를 하나 사서 매장에 진열하는 것이 어떠냐는 나의 말에 전지나 씨는 좋다고 한다.

아무래도 소연이가 커피 냄새 가득한 매장에 오랜 시간을 있어야 하니, 커피나무라도 있으면 좋을 듯싶었다.

공장을 들리면서 전지나 씨와 이야기를 많이 하게 된 것은 정말 좋았다.

나이답지 않게 동안이고 미인인 전지나 씨는 사실 매력적인 여자다. 부드러운 인상에 친절하고 딸에겐 항상 자상한 엄마다.

나온 김에 내일은 강릉까지 가 보기로 했다.

서로 시간 내기도 쉽지 않으니, 말이 나온 김에 조금 무리를 해서라도 그렇게 하는 편이 좋을 듯했다.

점심을 먹으면서 나는 전지나 씨에게 소연이에 대해 물었다. 아이가 어린데 매장에만 있는 것이 못내 아쉬웠다. 전지나 씨는 나직하게 한숨을 쉬며 이마를 찌푸렸다.

"사실 소연이 아빠가 아파서 병원에 있어요. 그리로 들어가는 돈이 많아 아이에게 해주고 싶은 것도 제대로 못해주고 있고요. 제가 이곳, 사장님 가게로 오게 돼서 너무 좋았어요. 월급도 많이 늘어나고 소연이와 같이 있을 수 있게 되어서요. 그전에는 소연이가 혼자 있거나 아빠가 있는 병원에 가 있었 거든요. 외할머니가 데려다 주시곤 했는데 지금은 아주 가끔 아빠한테 가요."

그제야 가끔 소연이가 안 보이는 날이 있었음이 기억났다.

뭐 그러려니 했었지 이런 사연이 있을 줄은 꿈에도 몰랐다.

세상에는 정말 사연 많고 사건 많다고 하더니, 그렇게 밝고 명랑한 소연이에게 숨은 사정이 있을 줄 몰랐다.

그런데 어떻게 그 어린아이가 그동안 아빠에 대한 이야기 를 하지 않았었는지 생각하니 이상했다.

전지나 씨도 그렇게 힘든 상황에 처하면서 조금도 티를 내 지 않은 것을 보니, 새삼 존경스러운 마음이 들었다.

소연이가 엄마를 닮아서 그런 것인가?

누구에게는 절실한 일터였는데 나는 이거 뭘까, 그냥 낭 만적으로 보여서 커피숍을 운영하고 있으니.

조앤 K. 롤링처럼 난 단지 커피숍에 앉아 글을 쓰고 싶었을 뿐이다.

이제는 제법 글들이 자리를 잡기 시작했지만, 그래 봐야 서 두 한 페이지도 못 썼다. 전체적인 줄거리만 어느 정도 잡힌 상태였다.

나는 아공간에 있는 그 많은 돈이 생각났지만 고개를 저었다.

전지나 씨는 누구에게 동정을 받을 성격이 아니다. 충분히 능력도 있는 사람이고. 다른 방법으로 도와야 그녀의 마음을 상하게 하지 않을 듯했다.

그녀에게 맛있는 밥과 커피를 사줬다.

일산은 음식이 싸고 맛있는 곳이 많았다.

음식을 먹으면서 소연이와 베티가 함께 있었으면 어땠을까 하는 생각이 들긴 했지만, 아이들이 오기에는 공장은 적당한 장소는 아닌 듯싶었다.

식사를 하고 나오다 길거리 가판대에서, 문제가 되었던 망산 금융을 정리하여 사회에 기부한다는 로타 그룹의 신문 기사를 보았다.

분위기를 보니 아마도 신인만 회장은 손목 접합 수술을 시도해서 성공한 듯 보였다.

비록 악인이지만 아직까지는 사람이 다치는 일은 그다지 내키지가 않았다.

단지 너희도 보통 인간으로, 피해자가 될 수 있다는 것을 보여 주고 싶었는지도 모른다.

그때 그 집의 담을 넘기 전까지는 살인에 대한 가능성도 열어 두고 있었지만, 지나고 보니 그를 죽이지 않아 좋았다.

나는 힘이 있지만 아무도 나를 징벌자로 임명하지 않았다.

그러니 남의 인생에 끼어드는 것을 조심해야 한다.

신이 허락해 준다면, 징벌은 무력이 아닌 그들이 평생을 쌓아 온 부를 무너뜨려 징치하고 싶었다.

경주 최씨 부자의 이야기 마무리에는 최준이라는 사람이 나온다.

경주 최씨의 부를 끝낸 그는 독립 운동 자금을 대주다가 옥고를 치르고, 이후에는 남은 재산으로 지금의 영남 대학교를 세운다.

이렇듯 돈은 많은 것보다 어떻게 쓰느냐가 중요하다.

돈을 똥같이 만들어 쓰는 사람이 있는가 하면, 향이 나는 향나무처럼 고귀함으로 만들어 사용하는 사람도 있다.

인간은 돈이 있는 곳에 마음이 가게 마련이다. 고귀한 정신이 있기에 돈을 좋은 곳에 사용할 수 있는 것이다.

전지나 씨와 함께 일산에서 돌아오면서 화원이 보이기에 들렀다. 소연이를 생각하며 산세베리아와 부처손, 그리고 관음죽을 샀다.

차가 작아 큰 것으로 사지는 못했지만, 대신 많이 샀다.

나는 이것들을 모두 소연이의 방에 놓고 소연이로 하여금 키우게 할 것이다.

소연이의 키가 커지면 이 나무들도 따라 성장해 갈 것이다.

"사장님은 너무 좋으신 분 같아요. 그러니 현주 씨 같은 미인이 사장님에게 반하는 거겠죠."

"흐음……. 뜬금없는 말일지 모르지만, 전 좋으신 부모님을 만나 좋은 교육을 받았습니다. 누구라도 제 부모님과 같은 분을 만났다면 저보다 더 좋은 사람이 되었을 것입니다. 제가 이 정도 사람구실 하는 것도 다 그분들 덕이죠. 그러니 사람들에게 존중과 배려는 당연한 일입니다."

"그런 생각 자체가 흔한 일은 아니에요."

"그 말을 명심하고 더 좋은 사람이 되도록 하겠습니다."

"어머, 그런 의도로 말씀드린 것은 아니에요."

전지나 씨는 당황하며 얼굴까지 붉힌다. 그 모습이 상당히 보기 좋았다.

카페모네는 나에게는 장난 같은 사업이지만, 이곳에서 일하며 꿈을 키우는 사람들이 많다.

민정 씨는 바리스타와 함께 빵을 만들며 행복해하고, 소연이는 엄마와 함께할 수 있는 공간을 얻어 좋다.

남성욱 씨는 야간에 대학을 다니며 꿈을 키운다.

나의 일터는 사람들이 커피를 마시는 곳이며 이야기를 하는 곳이다.

이곳에서 사랑이 이루어지기를 커피숍 주인은 바란다.

남성욱 씨의 꿈도, 다른 이들의 소원도 이루어지기를 바라며, 사장으로서 약간의 책임감을 느꼈다.

*   *   *

오후 2시가 되어 커피숍에 도착하니 현주가 기다리고 있었
다. 내가 '왜?' 하는 표정으로 그녀를 바라보자 환하게 웃는다.
"아빠가 깨어나셨어요."
"아, 다행이야."
아버님은 위험하게도 간이 찔리셨는데, 간은 그냥 겉에서
봉합하면 피가 고여 염증이 생기게 된다.
안에서부터 피를 제거하면서 봉합을 해야 한다.
다행히도 수술이 정상적으로 이루어져 이제 정신을 차리
신 듯하다.
3일 동안 잠만 주무셨다.
그렇다고 코마는 아니었는데, 깨면 거의 사람들을 못 알아
보실 정도로 정신을 못 차리시었다.
우리는 오랜만에 길을 걸으며 다정하게 이야기를 했다. 겨
울의 햇살이 의외로 따뜻하다.
사람들의 표정을 보니, 웅크린 사람은 하나도 없었다.
사람들이 이 따뜻한 햇살 아래에서 모두 행복을 연습했으
면 좋겠다는 생각을 했다.

그녀는 나와 걸으며 생각에 잠긴 듯했다.

"뭘 그렇게 생각해?"

"아니, 사람의 앞일은 참으로 알 수 없나 봐. 난 아빠가 그렇게 다치실 줄 전혀 몰랐어."

"알면 그다지 재미가 없을 거야. 마치 줄거리를 알고 있는 영화를 보면 김이 빠지는 것처럼 우리의 인생은 흥미롭지 못할 거야. 물론 조금은 더 안정적일 수는 있겠지만."

우리는 손을 잡고 걸었다.

양가의 결혼 승낙을 받아서인지 현주는 이전보다는 더 편해 보였다.

이전에는 마치 나를 놓치면 어떻게 하나 하는 초조함이 있었던 것 같다.

어디 가서 하면 뺨을 맞을 이야기지만 그것은 전적으로 현주의 생각 탓이다.

눈에 콩깍지가 꼈는데 무슨 소리든 못하겠는가?

그렇게 서로 조금은 속으며 행복하다고 느끼며 살면 되는 거지. 아직도 지지 않았던 낙엽이 하나둘 떨어져 발밑으로 구른다.

나는 햇살보다 더 아름다운 여자의 옆모습을 바라보며 하염없이 걸었다.

"아버님은?"

"엄마가 함께 있어요. 부부란 그런 거 같아요. 아플 때 옆에 같이 있어주고 간호를 해주니, 그토록 오래 살았어도 정이 새로워지나 봐요. 아빠가 이전과 달리 엄마를 부드럽게 대하세요."

"그래?"

"네, 아빠는 항상 바빴고 조금 권위적이셨거든요."

"의외이네."

"아빠는 남들에게는 굉장히 쿨하세요."

나는 말없이 그녀의 손을 꼭 잡아주었다.

내년 초에 양가 상견례가 있을 예정이었는데, 조금 뒤로 연기해야 할 것 같았다.

결혼이 확정이 되자 우리는 어떨 때는 마치 부부 같다는 느낌을 받곤 한다.

지금도 그렇다.

그다지 많은 말이 없어도 상대방의 기분이나 생각도 알 것 같았다.

나는 아버님에게 포션을 드려야겠다는 생각이 들었다.

병원이었고 생명에 지장이 없다는 말에 미처 생각을 못한 부분이었다.

물론 병아리 눈물 만큼이지만 악당에게는 포션을 사용해 놓고 정작 아버님은 생각을 못 하다니.

"망산 금융이 해체될 줄은 예상하지 못했어요. 그렇게나

못되게 했으면서, 정리하여 사회에 기부를 한다니 정말 웃기지도 않아요."

"아, 그런가?"

이건 정말 예상하지 못한 결과다.

로타 그룹에 대한 이미지가 좋아지고 있지 않은가?

오히려 악당을 도운 꼴이 되어버렸다.

그러나 어떤가, 그래서 도움을 받는 사람이 많아진다면 그 또한 좋지 아니한가?

그들이 기부한 부정한 돈으로 사람의 생명을 살리고 공부를 하게 된다면, 이미 악당이 아닌 셈이니 덕을 쌓는 행위가 된다. 당연히 이미지가 재고될 수밖에 없겠지.

삶은 이래서 어려운 것이다. 살아 보지 않으면 도무지 알 수가 없다.

겨울의 햇빛은 금세 수그러들었다.

햇살이 어둠의 처마 속으로 사라지는 모습을 보며, 우리는 서둘러 저녁을 먹고는 병원으로 돌아왔다.

현주는 나와 오랜만에 함께한 산책이 즐거운 모양이었다.

아버지가 깨어나셨으니 안도하는 마음도 들었겠고. 그녀는 작년 겨울, 폭설 속에 차에 갇혀 가졌던 그 시간을 잊지 못하는 듯했다.

방학을 한 지 오래되었지만 서로 바쁜 시간을 보내느라 제대로 만나지도 못했다.

　병실에 들어오니 아버님이 반갑게 맞아주신다.

　다소 지치고 힘든 모습이 역력했지만 이제는 조금 나아지신 듯했다.

　"어서 오게."

　어머님이 웃으며 맞아주신다.

　나는 어머님이 주시는 음료수를 마신 뒤 오다가 사온 초밥을 드렸다.

　아직 아버님이 금식이라 어머님마저 제때 식사를 못하고 계시다는 이야기를 듣고 서둘러 사 왔다.

　"엄마, 식사부터 해요."

　현주가 테이블 위에 초밥과 물을 올려놓는다.

　"어서 가서 들구려."

　"그래도 당신이 먹지 못하는데……."

　"난 이걸 먹잖아."

　아버님이 링거를 가리킨다.

　현주가 잡아끌자 마지못해 테이블로 간 아버님은, 스시를 맛보시며 맛있다고 하신다.

　특실은 아니지만 1인실이라 제법 여유 공간이 있어, 가족들이 지내기에는 불편함이 없었다.

　"저녁은 했는가?"

"네, 현주와 같이 먹었습니다."

나는 지친 얼굴을 바라보며 주머니에서 포션을 꺼냈다.

"슬립."

나는 눈이 스르르 감기더니 잠에 빠진 아버님의 입에 포션을 먹였다. 포션이 입에 들어가자마자 혈색이 바로 좋아지기 시작했다.

"어머, 아빠 또 주무시네."

현주가 다가와 잠든 아버님을 보며 말한다.

내가 '왜?' 하자 '엄마가 자기에게 가 보래' 하고 말한다.

나는 볼일을 다 보았기에, 현주의 손을 잡고 어머님이 식사하는 테이블로 갔다.

"왜 오는가? 심심하면 나가서 둘이 뽀뽀라도 하지 그러나."

"아이, 엄마는 못하는 소리가 없어."

현주가 눈을 흘긴다.

나와 현주는 조금 더 있다가 병실을 나왔다.

아마 내일쯤이면 완치가 되고, 검사하는 데 하루 정도 걸린다면 이틀 후에는 퇴원이 가능할 것이다.

우리는 다시 현주의 빌라로 갔다. 오랜만에 서로 얼굴을 바라보며 웃었다.

오늘은 은근히 현주가 기대를 많이 한 것 같았다.

그도 그럴 것이, 나는 주식 때문에 한동안 신경이 날카로워져 있었고 현주는 아버지가 다쳐 정신없이 보냈었다.

"아빠가 빨리 나으셔야 할 텐데."

여전히 걱정이 되는 모양이다.

"걱정하지 마. 내일이면 다 나으실 거야."

"설마? 그렇게 되면 정말 좋기는 한데……. 히힛, 정말 그렇게 되었으면 좋겠다."

"우리 그동안 한 번도 같이 그림을 그린 적이 없었지? 같이 그릴까?"

"이 밤에요?"

"그림을 그리는데 늦은 저녁이면 안 되나?"

"그야 그렇지만, 난 자기하고 이야기를 하고 싶단 말이야."

살짝 다가와 어깨에 머리를 기대며 귀엽게 말한다.

"그럼, 커피를 같이 마실까?"

"좋아요."

나는 모 회사에서 만든 에스프레소 커피 기계를 현주에게 선물한 적이 있다.

그녀는 그것을 여기에 두고 가끔 사용하곤 했다.

밀봉된 일회용 원두가 머그컵에 따라진다.

커피향이 방 안 가득 그윽하게 퍼진다.

나는 오랜만에 카페라떼를 마셨다. 오랜만에 마셔서인지 부드러운 것이 제법이다.

커피를 마시며 입을 맞추고 같이 창밖을 바라보았다.

어둠이 더 짙어지고 있었다. 그에 반하여 네온사인의 불빛도 더 진해졌다.

"우리 결혼하면 아이는 몇이나 낳을 거야?"

"글쎄, 현주가 원하면 두셋은 되어야 좋지 않나?"

"맞아요. 난 세 명이 좋을 것 같아요."

"그럼 첫째를 만들어 볼까?"

"아이, 부끄럽게."

말을 그렇게 하면서도 몸을 내게 기대어 온다.

나도 그녀를 안으며 등을 쓰다듬었다.

아침이 되었다.

이미 일어난 그녀가 알몸 그대로 방을 돌아다닌다.

"자기 일어났어?"

"응."

그 탐스러운 몸을 바라보자, 현주가 콧대를 높이며 도도한 표정을 짓는다.

"엉큼하기는."

나는 변태 끼가 있는지 둘만 있을 때는 옷을 입지 못하게 하고 있었다.

어제 저녁에 사 온 재료로 아침을 한다고 앞치마를 한 그녀의 모습은 좀 그랬다. 변태 일본 야동 같아서 내가 아침을 하고 말았다.

"왜 그랬어?"

요리를 하는 내 모습을 흐뭇하게 바라보며 현주가 묻는다.

"왠지 내가 일본 변태 대마왕이 된 듯해서. 난 그냥 자기의 예쁜 몸을 보고 싶지, 별다른 의도는 없거든. 그런데 앞치마를 두르니 일본 포르노가 생각나잖아."

"뭐예요!"

현주는 벌떡 일어나 내 팔을 문다.

"아파!"

"흥."

"자기 몸이 너무 예뻐서 그런 걸 어떻게 해. 이렇게 오래 자기 벗은 몸을 보고 나면 다른 여자가 유혹을 해 와도 절대 안 넘어갈 것 같거든. 자기의 몸매는 몸이 아니라 예술이야."

"쳇, 거짓말은, 누가 믿을 줄 알고."

말은 그렇게 하면서도, 현주는 입가에 미소가 가득하다.

"나, 나쁜 딸인 거 같아. 아빠는 아파서 입원해 있는데 나는 자기에게 눈이 멀어 이렇게 이상한 옷차림이나 하고 있으니 말이야."

"그런가? 하지만 아버님은 다 나았으니 걱정하지 않아도 돼."

"정말 그렇게 되었으면 좋겠다."

나는 현주가 가족에 애착이 크고, 아빠를 유난히 좋아하는 것을 잘 알고 있었다. 그런 아빠가 다쳐 병원에 있으니 마음이 무거울 수밖에 없었다.

"걱정하지 마. 아버님 다 나았으니."

밥이 잘되어서인지 김치찌개 하나만으로도 아침이 너무 맛있었다.

계란 반숙과 스팸이 반찬의 다였지만 우리는 맛있게 아침을 먹었다.

나는 현주를 병원 근처까지 바래다주고 커피숍으로 왔다. 오늘은 강릉을 가야 한다.

소연이에게 맛있는 것을 먹이기 위해 오늘은 베티와 함께 데리고 가기로 했다.

사업상의 이야기를 할 때 조금 심심하겠지만, 이 꼬맹이에게 맛있는 것을 사주고 싶은 마음이 들었다.

"정말 저 가도 돼요?"

눈을 동그랗게 뜨고 묻는 소연이에게 주의 사항을 말해 주었다.

"엄마랑 가는 강릉은 놀러 가는 것이 아니니, 공장 아저씨하고 이야기할 때는 지루하더라도 돌아다니면 안 돼. 그래 줄 수 있어?"

"그럼 내가 앤가? 나도 잘할 수 있고 베티도 문제없어. 그치, 베티야?"

"왕왕."

네가 애가 아니면 누가 애란 말이냐?

강아지 베티도 눈을 빛내는 꼴을 보며, 나는 차에 시동을 걸었다.

자연 베티가 조수석을 차지하고 뒤에는 전지나 매니저와 소연이 앉았다.

차가 고속도로를 타자 베티가 신이 났는지 자주 짖는다.

나야 뭐 강아지가 뭐라고 하든 알아듣지를 못하니 가만히 운전만 했다.

『도시의 주인』3권에 계속…

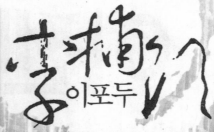

노주일 新무협 장편 소설

FANTASTIC ORIENTAL HEROES

청어람이 발굴한 신인 「노주일」
그가 선사하는 즐거운 이야기!

내 나이 방년 스물셋. 대륙을 휘몰아치는 전쟁에서
간신히 살아남아 고향으로 돌아왔다.
사실 전쟁은 이미 이기고 지는 건 문제도 아니었다.
단지 전후 협상만이 탁상공론으로 오고 갔을 뿐.
하지만 전쟁터에서는 항시 사람이 죽어 나갔다.
이유도 알지 못한 채 그냥.
그러던 차에 전후 협상처리가 되고 나서 전역했다.
그리고는 곧장 뒤도 돌아보지 않고 고향으로!

『이포두』

내 가족과 내 친구가 있는 곳으로!

Book Publishing CHUNGEORAM

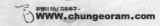

유병이 아닌 자유추구 -
WWW.chungeoram.com

용병귀환

유왕 판타지 장편 소설

수십 년 전, 용병왕의 등장으로 생겨난
왕국과 용병의 세계.
평소엔 한없이 가볍지만 화나면 누구보다 무서운,
놀고먹고 싶은 그가 돌아왔다!

하지만 바람과는 달리 과거 그의 앙숙과 대륙의 판도는
도저히 그를 놓아주질 않는데……

"용병은 그냥, 돈 받고 칼을 빌려주는 놈들이니까."

그의 용병 철학은 단순했다.

"물론, 누구에게 빌려주느냐가 문제겠지?"

Book Publishing CHUNGEORAM

용병이 아닌 자유추구─
WWW.chungeoram.com

'FANTASY FRONTIER SPIRIT

조각의 주인

임진운 판타지 장편 소설

『대공학자』의 임진운. 10년 만의 귀환!

평범한 일상 속에서 우연치 않은 계기로
새로운 힘을 손에 얻게 된 두 소년.

"나는… 룬아머러가 되겠다!"

신들이 남긴 최고의 선물을 둘러싼
룬아머러들의 이야기가 펼쳐진다.

Book Publishing CHUNGEORAM

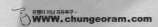

유행이 아닌 자유추구-
WWW.chungeoram.com

FANTASTIC ORIENTAL HEROES

양경 新 무협 판타지 소설

樂工武林

『화산검선』의 작가 양경!
가슴을 울리는 따뜻한 무협이 왔다!

『악공무림』
어린 나이에 할아버지를 여의고
황궁의 악사(樂士)가 된 송현.
그러나 채워질 수 없는 외로움에
궁을 나서고, 그 발걸음은 무림으로 향하는데……

듣는 이의 마음을 울리는, 화음.
악공 송현의 강호유람기가 펼쳐진다!

Book Publishing CHUNGEORAM

유행이 아닌 자유추구 -
WWW.chungeoram.com